Madi Seydi

Française, venue d'ailleurs

Stock

Couverture Le Petit Atelier
Photographie de couverture © Astrid di Crollalanza

ISBN : 978-2-2340-9264-8

À la mémoire de mon père
et celle de mon frère.

« Impose ta chance, serre ton bonheur
et va vers ton risque.
À te regarder, ils s'habitueront. »

René Char

1

La petite fille aux bottes bleu marine

À l'origine, il y a cette photo, extraite d'un vieil album de mes parents ayant traversé les décennies et même les continents. C'est un cliché que la lumière du temps a jauni et rosi. C'est un portrait de moi, le premier qui apparaît vraiment en phase avec ce que je suis, ce que je prétends être devenue. Ici, je me reconnais, moi, Madi, pour la première fois. J'ai quatre ans, peut-être cinq, et je me tiens debout, entourée d'autres petits enfants, les deux mains fermement appuyées sur la taille. En légère contre-plongée je contemple mon monde. Je porte mes légendaires bottes Aigle en plastique bleu, une paire que j'avais aux pieds quels que soient le temps ou la saison, et que je m'acharnais obstinément à chausser malgré les soupirs et les yeux au ciel de ma mère. Je porte aussi – et c'est amusant – une toque en papier, un accessoire de cuisinier, une pièce de déguisement, mais je me rappelle que j'avais appelé cette toque « ma couronne », comme pour réaffirmer mon appartenance à l'empire mandingue, ce peuple africain auquel est rattachée ma famille.

C'est déjà moi, ce petit bout de fillette. Timide, introvertie, mais franchement décidée. Et aussi, heureuse de faire partie d'une équipe, d'être là dans le groupe. Double inclination qui vous pousse à la fois à la distance et à la réflexion, à se lier d'amitié, à vouloir faire bouger les lignes. Depuis, les traits se sont affirmés, mais c'est toujours le même visage et la même attitude. Je suis quadragénaire aujourd'hui. Vous me direz, bien sûr, qu'il est trop tôt pour rédiger des mémoires. N'est-ce pas justement encore assez jeune pour comprendre et toucher ceux qui sont venus après moi ? Pour témoigner de ce qui a bougé en si peu de temps, il faut en avoir gardé un vif souvenir, le goût d'un bonheur encore dans la bouche, ce goût à la fois vivant et regretté.

Ce livre de témoignage, je ne voudrais pas non plus l'écrire sans regarder l'avenir, car mon avenir à moi est lié à l'avenir de mes contemporains. Mon récit est celui de la trajectoire d'une Française de double nationalité à un tournant de siècle. Il charrie les interrogations d'une enfant, d'une ado, d'une femme de notre époque. Il voudra également tenter d'élucider nos interrogations communes : qu'est-ce que c'est, être français ? Qu'est-ce qu'être une femme libre ? Qu'est-ce qu'avoir des racines en Afrique ? De quelle manière peut-on se rendre utile ? à qui ? pourquoi ?

Mais revenons un moment à cette photographie. Sur mon visage s'affirme déjà un tempérament de cheffe. Voulais-je alors « cheffer », comme le disait Jacques Chirac ? Protéger, peut-être bien. Rendre la justice, absolument. J'ai quatre ans et l'air de dire, dans cette cour d'école maternelle où a probablement été prise cette photographie : « Attention, les méchants, je suis là, et si vous embêtez mes copines, vous aurez affaire à moi. » Un peu plus tard, j'ai eu une bonne camarade de récré. Elle s'appelait Laëtitia. Elle n'était pas dans ma classe, mais nous nous retrouvions pour jouer. Peu liante en apparence, tout juste arrivée à Aulnay avec sa mère, Laëtitia peinait à s'intégrer à l'école. Alors, aussi misérable que cela puisse paraître, elle tentait d'acheter l'amitié des autres en leur donnant des bonbons ou des autocollants – les fameux Panini à collectionner, qu'on allait tous acheter chez le marchand de journaux pour les coller dans des albums. Beaucoup d'enfants ne rechignaient pas devant ce qui s'apparentait à de la corruption : ils se servaient allègrement dans les poches, dans les mains de Laëtitia, sans pour autant accorder à cette petite fille la moindre importance ou une marque de sympathie. Cela n'arrangeait donc rien : Laëtitia restait seule. On la méprisait ; on la chahutait aussi ; on la tapait enfin. La faiblesse inspire la haine. Pauvre gamine.

C'est un après-midi ordinaire à l'école des Petits-Ormes d'Aulnay-sous-Bois. La sonnerie de la récré a retenti, tout le monde est dans la cour. J'arrive à mon tour et j'observe, autour de mon amie, un attroupement. On s'agite, on rigole. Ça m'inquiète. J'essaye de voir ce qui se passe, ou plutôt non : je rue dans les brancards. J'arrive comme une lionne, je bouscule les enfants pour pénétrer dans le cercle, Laëtitia est par terre, elle pleure. La fillette lève les yeux et m'aperçoit. Elle me raconte qu'elle vient de recevoir des coups de pied.

– Et qui est-ce qui t'a fait ça ?

– C'est Jaoued.

Laëtitia me le montre du doigt. J'enchaîne :

– Allez, viens avec moi, on va lui dire deux mots à celui-là.

Hier comme aujourd'hui, la meilleure manière de me faire sortir de moi-même est évidemment de s'en prendre aux miens. Je sens que Laëtitia se crispe, qu'elle refuse d'avancer. Sa main glisse, tente de se détacher de la mienne. Je suis interloquée, puis je finis par l'admettre : il est beaucoup plus facile pour moi, avec ma bouille de combattante, d'affronter ce garçon, que pour Laëtitia, trop émotive, trop humiliée, surtout, par la situation. J'insiste pourtant. Après tout, elle n'est plus seule. Si ce fameux Jaoued s'est comporté comme ça, c'est qu'il lui a fait admettre sa supériorité, et c'est ce qui me reste en travers de la gorge. Cette scène, je l'ai vécue il y a bien longtemps, mais le sentiment ne bouge pas : il me faut absolument mettre un terme à cet abus de pouvoir et à cette impunité, comme si sur le moment ma vie, ma fierté en dépendaient. J'ai ressenti cela de nombreuses fois par la suite devant des situations arbitraires. Ce sentiment m'a poussée à agir, à grandir, à bâtir, à militer, à vivre.

En attendant, ce Jaoued, je vais lui donner une bonne leçon. Laëtitia est pétrifiée, je suis peut-être irresponsable, peut-être qu'à mon tour je vais être molestée ou bien amochée, mais c'est plus fort que moi, j'ai envie d'en découdre. Quand nous arrivons devant lui, je suis un véritable un char d'assaut. Bras croisé, regard de fer, j'articule distinctement :

– Dis donc, c'est toi qui tapes mes amies comme ça ? Ça va pas la tête, tu te prends pour qui ? Si tu veux te battre, si t'as le courage de venir te battre, je suis prête, alors viens !

Mutisme de Jaoued, je n'en crois pas mes yeux – mes yeux qui jugent et cherchent à en imposer. En face de moi, affaissé contre le muret, Jaoued ne trouve rien à dire, rien à faire et, même, il baisse le regard. Alors que Laëtitia se tient derrière moi sans oser avancer, j'enfonce le clou. Victoire par KO.

– J'en étais sûre, au fond t'es vraiment un trouillard. Tu tapes les filles gentilles, c'est trop facile, c'est minable. Tu sais quoi, je vais aller en parler moi-même au directeur. On verra si tu recommences.

Premier fait d'armes, premier coup de gueule. Première fois que je prenais la défense d'un enfant, aussi. Ce détail a son importance, je le développe dans la suite de ce livre alors qu'adolescente j'ai éprouvé la nécessité d'aider les enfants de la rue à Dakar. Drapée dans ma fierté, je célébrais mon triomphe. J'avais tenu tête à un petit caïd de l'école, jusqu'à lui inspirer de la peur. Je n'étais pas seulement Madi la timide, non, je venais d'obtenir mes galons de fille respectée. Célébration dans la cour de l'école, triomphe même, je suis devenue populaire ! À partir de ce jour-là, tout le monde a voulu être mon ami, y compris et surtout des enfants que je n'aurais jamais oser aborder spontanément et qui, de leur côté, ne m'auraient peut-être jamais intégrée dans leur groupe.

J'ai grandi, je suis aujourd'hui une militante politique. J'habite Paris, où j'ai étudié le droit et où, désormais, je travaille. Par fidélité à la Seine-Saint-Denis où j'ai passé une partie de ma jeunesse, j'ai décidé d'y revenir militer. J'évolue donc à l'UMP 93.

Nous sommes en 2011, peut-être en 2012. C'est une séquence particulièrement haute en couleur. Ce jour-là, lors d'une réunion, j'entends Patrice Calméjane, l'ancien maire de Villemonble, faire une remarque désobligeante à propos du physique de l'épouse du sénateur PS Jean-Pierre Bel. Il se moque de l'origine sud-américaine de cette femme et nous explique tranquillement combien cette origine fonde sa laideur. Les rires de la salle trahissent ceux que la xénophobie ne dérange pas. Je sens monter en moi ce sentiment précis, celui du jour des coups de pied de Jaoued. Je fulmine et finalement décide de prendre la parole.

– Que nous importe que la femme de Jean-Pierre Bel soit belle ou non, qu'elle soit étrangère ou non ? Elle n'est pas élue, que je sache. Il y aurait davantage à dire sur le travail de Bel en tant que sénateur, mais vraisemblablement cela ne vous intéresse pas. D'un autre côté, ça ne vous dérange pas que le président Sarkozy ait des origines hongroises, qu'il ait un patronyme qui indique qu'il vient d'ailleurs. Alors qu'elle, l'épouse de Bel, ah ça, c'est important ! On ne vous a jamais entendus critiquer, non plus, la femme du président. Pourtant Carla Bruni est d'origine italienne. Quels hypocrites vous faites !

Je l'ouvre grand, sans peur des représailles. Murmures dans la salle. Dans ces réunions politiques où les gens n'ont pas le courage d'affirmer une opinion contraire à celle de la personne en place, je fais tache. « Quoi, elle veut se mettre à dos toute la fédération, celle-là ? » J'entends encore les remarques qui fusent. Les « Bravo, tu as eu raison de le dire ! » aussi, après chacun de mes esclandres, bien en marge de la réunion, pour ne pas avoir d'ennuis. Comme le courage leur manquait ! Il semble qu'il était pourtant à portée de main, à portée de voix... Est-ce que moi, la petite fille aux bottes bleu marine et à la couronne mandingue, j'avais envie seulement de me taire ?

2

Des racines plein mes souvenirs

Nous sommes tous nés quelque part. Mais l'endroit où nous naissons en dit-il assez sur nous-mêmes ? Que préjuger de ma vie en apprenant que je suis née dans le XIIe arrondissement de Paris ? Il faut, pour me connaître, remonter plus avant. À l'histoire de mes parents, qui ont choisi de s'installer en France, l'un à l'aube des années 1960, l'autre au cours de la décennie suivante. À l'endroit, aussi, où ils ont vu le jour. Tous deux sont originaires du même village de Casamance, une région sénégalaise enclavée entre le long couloir formé par la Gambie, au nord, et la frontière avec la Guinée et la Guinée-Bissau, au sud.

C'est sur ce territoire fertile, « poumon vert » du Sénégal, que la famille de mon père, des nomades peuls, meneurs de troupeaux, décida de s'implanter et d'adopter le mode de vie sédentaire des Mandingues, les grands agriculteurs qui y demeuraient avant eux. Le détail compte : je veux souligner ici qu'avant même d'être issue d'une double culture, sénégalaise et française, je porte en héritage cette première histoire de rencontre et d'adaptation mutuelle, de dialogue et de mise en commun, qui permet à un peuple d'avoir été, d'être et de devenir. Avec mon père peul et ma mère mandingue, mon Sénégal originaire, ma France originelle, je n'ignore pas que les étiquettes ne définissent jamais que les chimères de ceux qui les collent.

Je me souviens à cet instant du visage de papa, pour qui la famille était un socle, la maison un point nodal, et l'Afrique un royaume. Toute sa vie semblait dépendre de cet équilibre fragile, si patiemment élaboré, passionnément désiré, et qu'il mit toute sa vie, tout son souffle, à atteindre. Il fallait d'abord que la famille soit solide. Entendez par là que ses enfants deviennent de bonnes personnes. Neuf enfants qui, devenus adultes, se montreraient à la fois brillants et responsables, bienveillants et exigeants, charitables et indépendants. Il n'était pas facile d'être la fille de ce père-là. « As-tu bien travaillé ? » demandait-il d'une voix qui savait être tendre en même temps que sévère. Bonne élève, j'éprouvais toujours une certaine hâte à rentrer à la maison pour raconter comment s'était passée ma journée. J'anticipais la confrontation avec ce regard doux et exigeant. Lorsque j'avais une bonne note et que la maîtresse me félicitait, je courais le lui dire. La phrase, répétée dans le hall, les escaliers de l'immeuble, tournait dans ma tête, gigotait dans ma bouche et, finalement éclose, elle lui parvenait dans un enthousiasme sans limite. Il se levait alors de son fauteuil. Je l'apercevais, grave derrière ses grosses lunettes sombres de myope. L'instant d'après, son sourire s'illuminait, ses dents étaient alignées, d'un blanc éclatant. À son tour de me communiquer sa joie et sa fierté.

– Ah, ma Maman... (Il m'appelait ainsi car je portais le prénom de sa mère.) Elle n'a peur de rien, elle ira loin ! Ma Maman, c'est une panthère, toujours devant, bravo !

Auréolée de reconnaissance, je buvais ses paroles et j'attendais celles de ma mère, car je savais qu'elle ne tarirait pas moins d'éloges.

Elle s'adressait à moi de sa voix délicate et, tout en me félicitant, me délivrait ses conseils pour l'avenir : « Il faut continuer comme ça, toujours être dans les meilleures. L'école, tu le découvriras, est le prix de ta liberté future. » Ce jugement de mes parents m'assurait leur reconnaissance : j'étais une bonne petite fille, je pouvais aller jouer.

À l'origine, il y avait le monde, et mes parents étaient le monde. Du moins ils me l'expliquaient et le faisaient passer de leurs yeux aux miens. Maximes et exclamations, conseils, craintes, manière aussi qu'ils employaient pour m'en délivrer les grands principes, tout est resté en moi. À l'origine, il y avait la famille, le pilier sacré, la forteresse inviolable des Seydi. Cette famille avait son temple, son moment, le dimanche à déjeuner. Imaginez-nous tous les onze à table, les parents et les neuf frères et sœurs, enchevêtrés dans des cercles de conversations qui fusent et se rejoignent, dans le goût et l'odeur inégalables des repas sénégalais cuisinés par ma mère. Instant privilégié que celui de ces grandes tablées qui rythment la mélodie de mes souvenirs d'enfance. C'est lors de ces déjeuners que j'ai connu l'histoire de mes familles paternelle et maternelle, du pays de mes ancêtres, la trajectoire de mes parents, de leurs parents avant eux. C'est là que j'ai compris que nous sommes tous nés quelque part, que tous nous progressons, mais qu'il est essentiel de savoir où ceux qui nous ont précédés ont vu le jour.

Les questions s'enchaînaient. Celles que je posais, bien sûr – j'étais incontestablement celle d'entre les enfants qui en posait le plus. Assise en bout de table comme à mon habitude, en face de mon père, telle une journaliste qui l'aurait interviewé, accaparant du regard toute son attention, je ne le lâchais pas une seconde. « Papa, rappelle-moi la généalogie de ta famille sur les quatre dernières générations, comme ça je fais un arbre généalogique, tu veux bien ? » Mon père sourit. À son tour de m'interroger. Pourquoi diable vouloir se lancer dans cette entreprise ? Je lui réponds d'un air décidé : « J'aimerais un jour écrire un livre sur nous. » Mes ambitions grandioses ne lui font pas peur. D'une certaine manière, il y est habitué. « On verra bien ce qu'il restera plus tard de toute cette énergie », pense-t-il peut-être. J'espère ne pas l'avoir déçu.

Mon père a la passion de l'histoire et de sa transmission, passion qu'il m'a tout naturellement léguée. L'histoire de France, du Sénégal. Il n'y a d'ailleurs pas une histoire, il y a des histoires, et aucune vraiment ne l'emporte sur l'autre. Pour ses enfants français, il ne s'agit pas seulement d'en apprendre sur les ethnies de l'Afrique de l'Ouest, il faut connaître le nom des rois capétiens, celui des ministres de Louis XIV, les événements de la Révolution française, l'œuvre de la IIIe République. Mais parmi toutes celles qui nous animent, l'histoire domestique, la nôtre, est sans aucun doute celle que nous préférons. C'est le récit du clan qu'un jour nous transmettrons à notre tour, c'est celle-là donc qu'il va encore réciter ce dimanche, pour les besoins de mes travaux de généalogiste. Sa voix grave et sonore emplit d'un coup l'espace. Le silence se fait. Nous l'écoutons religieusement.

– Alors voilà. L'histoire de notre famille ne commence pas dans les contrées vertes du poumon du Sénégal, mais plutôt du côté de Fouta. Vos ancêtres étaient des nomades, des éleveurs de moutons qui, un jour, fatigués de cheminer de lieu en lieu, ont déposé leurs sacs en Casamance et ont décidé d'y fonder un village, notre village.

À cet instant, mes yeux disent à la fois mon plaisir à l'écouter faire sonner tous ces toponymes venus d'ailleurs et mon impatience d'en savoir plus. Il poursuit son récit :

– Et lorsque vos ancêtres sont arrivés à Kandiounkou, ce n'était qu'un terrain vague. Ils ont alors nourri cette terre. Ils l'ont labourée, défrichée, avant qu'elle ne devienne prospère. Ils y ont ensuite établi leurs rizières.

Le calme qui règne autour du conteur est admirable. Dégustant notre repas, nous goûtons chacune de ses phrases. Au fil du récit, au gré des orientations qu'il prend, j'ose prendre la parole, je relance, j'interroge. « Comment vivaient nos aïeux ? Pourquoi étaient-ils si courageux ? Pourquoi sont-ils partis si loin ? » Je veux tout comprendre. Je veux m'imprégner de la volonté de ces hommes et de ces femmes partis de rien pour faire famille sur une terre nouvelle. Déjà, je m'intéresse au rôle tenu par les épouses dans cette aventure. Ont-elles organisé, dirigé les opérations ? De quelle manière ont-elles participé à la conquête de cette nouvelle contrée ? N'ont-elles fait que suivre leurs maris ? Mes sœurs aussi questionnent. Les petits frères écoutent, certains sont trop petits pour saisir tout ce qui se raconte, mais je sais que, bercés par le récit familial, ils en retireront malgré tout quelque chose.

Papa explique, argumente, se perd en digressions. Nous prenons tout, avalons. Les paroles et les mets sont cette nourriture unique, essentielle, de mon enfance. Sur la table, souvent, un thiéboudiène traditionnel, ce ragoût de poisson, de riz et de légumes qui est le plat national du Sénégal. Chaque dimanche matin, papa dirige les opérations et nous emmène au Galion, le centre commercial d'Aulnay, désormais disparu, où se trouvait une excellente poissonnerie. Au terme de ce repas, nous sortons repus, la curiosité et l'appétit contentés d'un même mouvement. Cette histoire familiale, je m'empresse ensuite d'aller la raconter à mes amies de l'école, avec le sentiment que ma destinée est exceptionnelle et, même, supérieure à la leur, sans penser une seule seconde qu'elles et leurs familles charrient également une mémoire composite et joyeuse, ou tragique. L'innocence de l'enfance permet bien des audaces.

J'ai des racines plein mes souvenirs. Des artères larges et solides qui tapissent ma jeunesse, circulent, forment des carrefours et me permettent de m'élever sur terre, de savoir qui je suis. Car cette identité complexe ne l'a jamais été que dans le regard des autres. Pour moi, pour les miens, c'est limpide. Français mais Sénégalais. Peuls mais Mandingues. Casaçais mais Franciliens. Trop de lieux, d'origines, peut-être, pour rentrer dans le jeu de l'assignation identitaire. Aucune chance pour moi et les miens de céder à des sirènes de cet ordre. Je ne voudrais pas devoir choisir, je ne voudrais pas haïr. Certes, je reconnais qu'on peut avoir du mal à me suivre. Alors on m'invente une histoire. Quand il arrive que l'on spécule sur mon pays d'origine, on me renvoie souvent à l'Amérique ou au Royaume-Uni. Allez comprendre. Durant les années sénégalaises de mon adolescence, c'était en revanche, et sans hésitation, à l'Occident blanc que j'appartenais : « Toi, tu es une toubab (une Blanche), tu n'es pas comme nous, tu ne parles pas comme nous, tu ne vis pas comme nous. » Pour mes camarades dakarois, j'étais une ambassadrice de la France, rien que ça. J'en riais, et en tirais aussi une fierté évidente. Chose étrange, finalement, que de n'avoir jamais été considérée comme une Sénégalaise. Née en France, je ne saurais toutefois nier cette origine.

Établi en pays mandingue dans la région de Sédhiou, mon arrière-arrière-grand-père paternel fonda donc ce village, Kandiounkou, encore doté d'une chefferie aujourd'hui. La municipalité ne peut avoir pour chef qu'un membre de ma famille, un Seydi. Orgueil et rêve de grandeur d'une petite fille de France, bercée par les contes et les légendes : combien de soirs me suis-je endormie en pensant qu'un royaume appartenait à ma famille, là-bas, en Casamance ? À Kandiounkou, personne n'achète la terre. Les Seydi, seuls, sont habilités à vous la donner. Moi, petite princesse d'Aulnay-sous-Bois, la ville de Seine-Saint-Denis où j'ai passé toute ma jeunesse, allais-je un jour découvrir mon domaine ? « Un jour », disait mon père, soucieux de nous transmettre la fierté de ce patrimoine et la signification de notre appartenance. Ce n'étaient pas des paroles évanescentes, j'aurai l'occasion d'y revenir. Nous « les onze », mes parents, prince et princesse consorts de Kandiounkou, et nous autres « les neuf dauphins ». Je suis née la troisième, après deux sœurs. Au royaume des possibles, l'ordre de succession au trône a son importance.

C'est le rêve d'une Afrique merveilleuse, d'une terre promise luxuriante comme le jardin d'Éden, qui me revient lorsque je pense à nos parents, aux conversations que j'avais avec papa. Une grande proximité nous unissait, mon vieux papa – né en 1926, il avait vingt-cinq ans de plus que notre mère ! – et moi, sa petite fille curieuse de tout, à qui il a donc donné le prénom de sa maman. Sans relâche, je le questionnais sur le royaume. Comment est l'Afrique ? Quels arbres poussent en Casamance ? Qu'est-ce qu'on mange là-bas ? Comment s'habillent les gens ? Et la musique, papa ? Déjà j'avais eu accès à une première Afrique, celle des reportages à la télévision. Depuis l'écran du salon, je découvrais ces contrées tropicales parcourues par des fleuves puissants et des oiseaux multicolores, comme n'importe quelle petite fille d'Occident. Il y avait aussi *Tintin au Congo*, dont on ne disait pas beaucoup – pas vraiment encore – que c'est une bande dessinée qui véhicule une tripotée de clichés racistes sur les Noirs. Il y avait différents récits de voyage, des robinsonnades aussi séduisantes que les pages d'une brochure touristique. Il y aurait encore *Out of Africa*, avec Meryl Streep et Robert Redford. L'action se déroulait au Kenya, elle faisait référence à des ethnies lointaines, à des milliers et des milliers de kilomètres du pays de mes ancêtres.

Qu'importe, c'était l'Afrique, et je me languissais d'y parvenir un jour.

« Un jour, oui, nous irons, les enfants », nous répétait mon père, tandis que nous le regardions partir là-bas, que nous admirions les photos qu'il prenait au Sénégal, en nous expliquant que nous allions nous y installer. La construction de notre maison avait débuté. Ce n'est que lorsque nous l'avons observé faire l'achat des meubles qui garniraient cette demeure, une fois de retour en France, que tout ceci est devenu concret. La maison était là, c'était une récompense, dans le vœu que nous faisions d'une vie autre, d'un exotisme, d'un romantisme peut-être. C'était notre idéal.

3

Le métier de grande sœur

La tribu Seydi, c'est une tribu joyeuse. Il faudrait, pour bien faire, nous revoir dans le salon, autour de la télé le soir, après le dîner, une fois la table débarrassée de ces bonnes vieilles assiettes de porcelaine, lourdes et blanches – souvenir d'un temps où Ikea n'avait encore pas simplifié la vie quotidienne –, l'éponge passée sur la table et la cuisine rangée – petits ou grands, nous participions tous à ces tâches ménagères. C'était une époque où le film commençait tout de suite après ce que maman continue d'appeler aujourd'hui encore le « journal parlé », c'est-à-dire le journal télévisé. Il y eut trois chaînes, puis quatre, cinq, puis six. C'était une époque où n'existaient pas les chaînes d'information en continu. De ce fait, les messages que faisait passer le journal télévisé ne provoquaient ni saturation, ni dégoût, ni lassitude, ni défiance. Il n'y avait pas cette impression de propagande appuyée qu'on ressent de nos jours, ni cette indécente « culture du clash » cultivée pour faire de l'audimat. Avant d'être une célèbre expression de la dérision contemporaine, le sceau « vu à la télé » aura été un gage de confiance, de véracité.

« Puisqu'on en parle à la télévision, alors c'est forcément vrai ! » me serais-je alors sans doute exclamée. Une forme d'esprit religieux que cette adhésion collective. C'était avant que le complotisme de masse et les *fake news* ne brouillent nos repères – cela ne nous paraît-il pas si loin ? Le contraste entre cette époque et la nôtre m'est particulièrement apparu au début de la crise de la Covid-19, où nous nous sommes allégrement tournés vers la télévision pour tenter de savoir, de comprendre. Celle-ci n'aura pas tout à fait étanché notre soif, répondu à nos angoisses. Confusion, mensonges, discours faussement rassurants ou alarmistes ont émergé du petit écran. Sans relâche, nous avons cherché à distinguer le vrai du faux. De quelle manière aurait été traitée la crise sanitaire dans les années 1980 ou 1990, avant les chaînes d'info, avant les réseaux sociaux ?

Le film du soir débutait peu après vingt heures trente. On ne ratait jamais le générique. Une page de publicité faisait la transition avec les actualités. Je me rappelle ce moment de l'histoire de la télé où l'on aimait la pub, non pas que nous fussions des petits moutons serviles, prêts à acheter, à consommer, mais ces réclames étaient bon enfant – ni agressives ni sexuellement connotées. Puis le film débutait, on se taisait tous les onze. Toute ma génération a connu ces soirées de visionnage du film en famille, au moment où il était diffusé, sans possibilité de choix, de *replay*. La lumière éteinte, c'était le cinéma à la maison. En fin de semaine, nous avions la possibilité de nous coucher tard, et nous pouvions le regarder jusqu'au bout. Je me revois assise, presque accroupie, sur le grand fauteuil tapissé de grosses fleurs, expression d'un vintage qui n'en était pas encore un. Non loin de là, un peu à l'écart, comme un berger veillant sur ses brebis, papa se tient toujours assis à table, patriarche au regard fixe, concentré sur le film qui débute. Maman est à ses côtés. Aucun bruit dans la pièce sinon celui de nos respirations, du froissement de nos pyjamas et chemises de nuit. Doucement, nous nous laissons happer par l'intrigue. Très vite, je ne peux m'empêcher d'intervenir. Je commente, m'exclame, j'occupe l'espace. « Comme d'habitude… », lance ma sœur d'un ton las. « Mais tu ne peux pas te taire ! » s'exaspère l'autre. En somme, il faut toujours que je l'ouvre. Je ris en y repensant, seulement dans ma mémoire ce genre d'altercations participe aussi du bonheur simple que nous partagions alors. Le clap de fin, au moment du générique, est donné par papa, qui se lève et nous envoie nous coucher. Les grandes veillent à ce que les petits se brossent les dents, passent aux toilettes. Nous nous souhaitons « bonne nuit ». La maison s'endort.

Grande sœur est un métier à temps plein ou presque, un job qui forge aussi pour l'avenir. On devient meneuse sans s'en apercevoir. Il ne faut pas perdre son calme, apprendre à mettre de côté ses affects. Grâce à mes petits frères, je suis devenue maîtresse d'école. Comment cela, si tôt ? Précisément vers la fin de ma scolarité à l'école primaire. En CM1, CM2, ma position de bonne élève m'a fait endosser les habits de répétitrice. Je m'appelais moi-même « petite maîtresse ». Je m'assurais que le matériel scolaire de mes frères soit bien tenu, qu'il ne manque rien dans leurs cartables et que leurs cahiers, qui devaient être vus par les parents, passent bien entre leurs mains. Enfin, je les aidais à faire leurs devoirs ou à les corriger. Une manière pour moi de me sentir investie, responsable d'eux.

La pédagogie s'avère d'une impérieuse nécessité, mais l'on doit également se montrer créative. Comment expliquer cette règle de grammaire si ennuyeuse ou faire retenir cette table de multiplication ? Et cette consigne, est-elle si difficile à comprendre si on la décortique un peu ? Les astuces, les jeux de mots... je mobilisais tout au service de leurs apprentissages. Il y avait aussi l'histoire. Dans mon esprit, la discipline historique était au premier plan. Pas question de voir ma fratrie y déroger, pas question de la laisser dans l'à-peu près. J'ai tenté, du mieux que je pouvais, de transmettre la passion du récit historique, de l'enchaînement des faits, de la mémoire qui nous constitue. « Petite maîtresse », j'ai tout donné. Tant et si bien que, finalement, ce rôle a passé la frontière de l'antre familial, que je me suis également mise à aider d'autres enfants de l'école, de l'âge de mes frères. L'avance que j'avais sur eux me conférait la légitimité nécessaire pour leur proposer un coup de main. Par effet d'enchaînement, j'ai également fait du soutien scolaire auprès des élèves de ma classe, de ceux qui étaient plus faibles, qui ne comprenaient pas ce qu'on leur demandait de faire le soir chez eux. Leurs parents n'étaient bien souvent pas en mesure de les épauler, soit qu'ils étaient très éloignés de ces considérations scolaires, ayant reçu eux-mêmes assez peu d'instruction, soit qu'ils étaient tout simplement analphabètes. Lorsque ces gosses n'avaient pas la chance d'avoir à la maison un grand frère ou une grande sœur pour les aider, une épaule manquait, et je me proposais d'être cette épaule.

Ainsi, après avoir bouclé mes devoirs personnels, je quittais la maison et retrouvais les enfants de mon pâté d'immeubles. Tantôt chez les uns, tantôt chez les autres. Nous étions tous ou presque des enfants d'immigrés. Nous étions tous la France, mais la France humble, celle qui apprend à être, à devenir français. Une Madi n'était alors pas de trop, elle pouvait servir cette France, la sienne. Les voisins étaient souvent, comme nous, des familles d'origine subsaharienne, aux parents qui charriaient avec eux une tout autre culture que celle que l'Éducation nationale avait la mission de transmettre à leurs enfants. Ils avaient entendu parler de moi par le truchement d'Untel ou d'Untel – les nouvelles allaient vite – et poussaient leur progéniture à frapper à ma porte. Parmi eux se trouvaient mes voisines béninoises. Ou encore Fanta, ma copine malienne qui se présentait directement chez moi avec son petit frère. Je n'avais pas envie de compter mon temps. Avec Fanta et son frère, les choses étaient plutôt faciles car ils se débrouillaient très bien en cours. On faisait donc juste de la répétition de leçons vues en classe, et j'assurais un suivi dans la réalisation de leurs devoirs. De cette mission de grande sœur du quartier, je retirais une certaine fierté, d'autant plus si les élèves que je suivais amélioraient leur niveau et rapportaient chez eux des bulletins de notes meilleurs qu'avant. Si c'était l'un de mes petits frères qui avait progressé, la joie était décuplée. Les appréciations des professeurs, je les prenais alors littéralement pour moi. J'étais partie prenante, tête de l'ensemble, et déjà de celles qui considèrent que les plus belles victoires sont collectives. Je puisais aussi cet esprit-là dans le sport. J'ai faim de la gagne, de celle dont on est, chacun à son niveau, artisan. Les parents aussi étaient heureux. À cette époque, il y avait encore peu de parents lâcheurs. Les parents étaient encore responsables et se souciaient constamment de ce que faisaient leurs enfants. Ces parents-là avaient été soulagés d'un poids en apprenant que je pouvais assurer un suivi scolaire. Je trouvais ainsi, dès l'enfance, une utilité sociale, je découvrais ce que voulait dire poser des actes qui ont une conséquence dans la vie des autres. Déjà, j'étais politique.

Que sont mes petits élèves devenus ? Partie au Sénégal pour le lycée, je les ai perdus de vue. Quelque temps après mon retour, bac en poche, l'avènement d'Internet et des réseaux sociaux m'a permis de retrouver la trace de certains. J'ai repris contact avec mes voisines béninoises. Elles avaient eu leur bac, poursuivaient leurs études. L'une d'entre elles est devenue assistante sociale – celle dont l'empathie transparaissait déjà dans chacun de ses gestes, chacune de ses paroles, lorsqu'elle était enfant. L'autre est cadre dans le privé. Ma copine malienne s'est lancée dans des études de gestion – je ne sais pas exactement ce qui l'occupe aujourd'hui. Son frère, en revanche, est connu. Mon petit voisin, qui évoluait dans la même équipe de football que mes frères, le CSL Aulnay, a tracé sa route. Graine de champion, puis champion tout court, Alou est devenu footballeur professionnel. Après avoir passé le bac, il s'est entièrement consacré au ballon rond. Bayern de Munich, Liverpool FC, l'OL, l'OM, Girondins de Bordeaux : il a écumé les clubs les plus prestigieux avant d'être sélectionné en équipe de France en 2004. Il compte avec elle quarante-quatre sélections. Milieu de terrain, Alou Diarra a été finaliste de la Coupe du monde 2006 aux côtés de Zinedine Zidane, de Thierry Henry, de Patrick Vieira et de Franck Ribéry. Repense-t-il parfois à sa « petite maîtresse » ? J'en doute, mais je suis fière de l'avoir aidé, à mon niveau, à devenir ce qu'il est.

4

Certifiée non conforme

Depuis toute petite, j'ai du mal à dormir autant que les autres. Je n'en souffre pas, je ne suis pas particulièrement fatiguée le lendemain, mais en attendant il faut bien que je m'occupe. En juin de l'année de CM2 avait eu lieu une belle cérémonie de fin d'année. On m'avait fait cadeau d'un dictionnaire, une manière de m'armer, pour les années de collège, par la langue et la connaissance. Il en a occupé, des nuits d'insomnie, ce dictionnaire dont j'admirais l'épaisseur et dégustais le contenu ! L'été précédant l'entrée en sixième, je me revois me lever sans faire de bruit, à l'heure où la maison était plongée dans le noir. Mon père éteignait les lumières et, moi, je partais clandestinement en expédition pour attraper mon dictionnaire dans la bibliothèque... Je regagnais ensuite, tout doucement, les hauteurs de mon lit superposé. À l'aide d'une lampe de poche, j'y passais des heures. La nuit pouvait bien défiler, je m'abreuvais de connaissances.

Puis la rentrée est arrivée. Finalement, les années aux Petits-Ormes étaient passées trop vite. C'est sans vraiment comprendre que je me suis retrouvée collégienne à Victor-Hugo, à Aulnay. Pour suivre les traces de Léopold Sédar Senghor, mon modèle hier et aujourd'hui, j'avais fait le choix de l'option latin. J'ai le souvenir précis de m'être dit qu'il serait intéressant de ne pas faire comme tout le monde. Je ris en repensant à cette attitude. Mon adolescence est d'ailleurs celle d'une non-conformiste. Je n'ai pas fait cette fameuse « crise d'adolescence ». Rien que de très prévisible, de très suiviste. Pas de hurlements, pas de posters d'idoles sur les murs de ma chambre. J'ai toujours détesté être une groupie. Qui plus est, mes parents étaient trop classiques, par trop conventionnels, ils n'auraient pas accepté que nous tapissions nos chambres d'images de Madonna, de Michael Jackson ou des New

Kids on the Block. Nous en sommes donc restés au dictionnaire et cela me convenait.

Plus que jamais férue d'histoire de France, en cette année de sixième, je cultivais aussi la particularité d'imaginer vivre des moments historiques, ce qui me permettait de retenir d'autant mieux mes leçons. C'est une empathie étrange, couplée à un goût pour l'imaginaire. J'étais une sorte d'Alice au pays des merveilles évoluant dans les couloirs du temps au moment où mon esprit s'évadait. Je participais aux conquêtes des Carolingiens ; je dansais à Versailles sous l'œil admiratif de Louis XIV et de toute la Cour ; je participais activement à la Révolution française (je donnais évidemment un coup de main pour la prise de la Bastille). Cerise sur le gâteau, j'étais la seule femme tirailleuse, menant la révolte contre les troupes coloniales et les gendarmes français, au camp de Thiaroye en 1944. Aujourd'hui, je n'ai rien perdu de cette propension à l'imagination. Tout cela se poursuit secrètement, dans ma tête… C'est une soupape, une oasis quand la vie est trop dure.

Malgré cette sensibilité qui pousse à la rêverie, j'ai réussi à m'intégrer au collège. Lâchée dans le bain d'un établissement d'un millier d'élèves, il fallait bien trouver des appuis. Certaines copines des Petits-Ormes étaient toujours avec moi, mais je m'en suis fait d'autres. Myriam était l'une d'entre elles. Tous les matins, elle montait chez nous vers sept heures et demie. « Madi, c'est pour toi ! » répétait invariablement maman. Je filais lui ouvrir. Myriam passait un moment à la maison, puis faisait le trajet avec moi jusqu'à Victor-Hugo. Nous cheminions comme des petites vieilles, bras dessus, bras dessous. Il y avait aussi Mariam. Nous partagions l'amour du sport. Mariam était la drôle, la délurée ; j'étais la timide, celle à laquelle on devait pratiquement arracher un mot, un sourire. Nous nous complétions bien. Nous allions ensemble au handball le mercredi après-midi dans le cadre de l'association sportive du collège.

Chez les Seydi, le sport était indispensable : il développe l'amitié et l'entraide, il apprend à ne pas seulement penser à soi. Il nous permettait également de vivre des temps forts en famille en dehors de la maison. Ma sœur aînée a longtemps pratiqué la danse moderne et l'autre, la plus grande, du handball, comme moi ; mes frères, licenciés du CSL Aulnay, ont excellé dans la pratique du ballon rond.

Admiratrice de Nadia Comaneci, j'ai fait en plus du hand de la gymnastique artistique. Je ne me gênais pas pour jouer au foot à l'école non plus, et courais chaque année l'épreuve du relais départemental de Seine-Saint-Denis. Dans notre famille, on pensait sport, on vivait sport. Souvent, le samedi, mes sœurs et moi allions voir nos trois frères jouer au stade. Pur moment de bonheur, communion familiale. On les regardait courir, dribbler sur le terrain, et finir par marquer. Explosion de joie dans les gradins, fierté sans limite. Je me souviens d'un jour où papa nous a accompagnés au stade. Il ne le faisait jamais. Ç'avait été un très beau match, sauvé in extremis par mon petit frère. Être la grande sœur de ces stars locales du foot me conférait quelques privilèges. On ne connaissait pas mon prénom, mais on savait que j'étais la sœur des frères Seydi.

Pour la fille timorée et taiseuse que j'étais, le sport était un moment privilégié, celui où l'on ne me demandait pas de prendre la parole, où je pouvais agir, marquer des points en silence, où la ténacité et le mutisme faisaient équipe sans qu'on y trouve à redire. Ici, je trouvais un lieu d'expression de mes talents. Les liens que je ne parvenais pas à établir à cause de ma réserve, je les nouais facilement grâce au sport. Tout le monde veut être l'ami de celui ou celle qui court le plus vite, marque le plus de points. Tout le monde veut être proche de la capitaine de l'équipe de handball, celle qui mène le match, porte l'équipe, s'imagine successeuse des frères Karabatic. Ma place dans le monde, je la dois d'abord à la pratique sportive. Celle-ci m'a également apporté un ressort essentiel : j'y ai puisé ma force, ma combativité, ma soif de victoire. Cela m'a appris la ténacité et l'affirmation de soi. Par la suite, pendant mes années de militantisme, je me suis retrouvée comme sur un terrain de hand. J'ai eu envie de foncer, de faire gagner mes idées.

La petite fille aux bottes bleu marine a continué, aussi, d'exister. Je me souviens d'un jour de contrôle de français. Nous sommes en classe de quatrième, peut-être en troisième. Un garçon de la classe, qui n'a pas appris sa leçon, cherche par tous les moyens à attirer mon attention pour que je lui donne les réponses. Je suis au premier rang, le professeur juste devant. Pour moi, c'est clair : il est hors de question d'aider ce garçon. D'ailleurs, même si j'étais au fond de la classe, pourquoi le ferais-je ? Mais il insiste, le bougre ; il fait des gestes, des « psst ». Je ne relève pas.

L'histoire aurait pu s'arrêter là s'il n'était pas allé raconter à ses copains que je n'avais pas voulu l'aider. Tombereau de reproches, d'insultes, je deviens l'élément à abattre. « T'es pas cool, t'aurais pu l'aider. » « T'es qu'une bouffonne, tu connais les réponses et t'aides pas les autres ! »

La situation n'est clairement pas en ma faveur. Les soutiens du garçon me harcèlent. Ils pensent qu'ils ont le droit d'exiger de moi que je donne mes réponses, que j'aide leur ami à tricher. Je ne suis pas d'accord, mais, en attendant, rien à faire pour calmer cette bande d'agitateurs. La dispute prend malgré moi, les éléments perturbateurs allument la mèche. Mais moi, je ne me laisse pas démonter.

– Ouais, ben quand on apprend sa leçon, on n'en est pas réduit à ça, à emmerder les autres, dis-je d'une voix forte et claire, de manière à m'imposer devant mes détracteurs.

– Maintenant, tu te tais. Tais-toi, j'ai dit ! s'exclame tout à coup une fille de la bande.

Elle est bien plus grande et plus costaude que moi. Je suis impressionnée mais je la fixe des yeux. Bataille de regards. « Si tu te tais pas maintenant, tu vas voir ce qui va t'arriver à la sortie ! » promet-elle. Tout va très vite, mais j'ai le temps de me reformuler les choses. En somme, soit j'obtempère, soit je me hisse à sa hauteur, à la hauteur de son agressivité. Eh bien, j'accepte le rendez-vous, et il adviendra ce qu'il adviendra.

En fin de journée arrive alors le rendez-vous de « baston ». Ce n'est pas sans appréhension que je prends la direction de la sortie, suivie d'un cortège d'élèves qui souhaitent assister à ce spectacle, à ce combat de coqs – de poules en l'occurrence. Tout le monde se tient dans la cour, près de la porte. Claire Z., la fille qui a promis de me casser la figure, est acclamée comme une catcheuse. Spectacle lamentable, comique et désespérant. On commence par s'échanger des noms d'oiseaux, mais rapidement la tension monte. Au moment même où les choses menacent fortement de tourner au vinaigre, on voit le directeur du collège sortir de son bureau de manière tonitruante. Il débarque au milieu des clameurs et nous sépare. La bagarre magistrale n'aura pas lieu. Je ressens un soulagement immédiat. Quelle idiotie d'en arriver là pour une pauvre histoire de triche ! Ne devais-je pourtant pas leur tenir tête, ne pas me laisser impressionner par cette meute sans courage, mon devoir n'avait-il pas été de rester dans le droit chemin ? À cet instant, en repensant à tout ça, je me dis : « On ne gagne le respect qu'en restant digne et fière. »

5

Aulnay

Tout cela s'est déroulé à Aulnay-sous-Bois, entre le début des années 1980 et celui des années 1990. C'est mon histoire de petite banlieusarde. J'ai grandi dans l'une de ces communes dont le nom seul fait aujourd'hui office de repoussoir. Pour mes concitoyens, les municipalités de Seine-Saint-Denis sont des lieux de relégation, d'insécurité ou de séparatisme. J'ai grandi là, à une époque où l'on pointait déjà des causes, où fleurissaient déjà des conséquences de cette relégation. Tout était alors vécu dans des proportions moindres, et mon souvenir d'enfant tend encore à édulcorer ce qui s'y passait. On était loin de l'esprit de partition, de perdition qui m'étreint quand je vois, avec mes yeux d'adulte, ce qui s'y trame aujourd'hui. J'y reviendrai.

Je n'ai pas eu une jeunesse malheureuse, bien au contraire. Le lieu importe peu pour une petite fille entourée et choyée. D'autres ont vécu l'enfer dans des quartiers huppés. Je n'ai pas non plus évolué dans l'une de ces barres d'immeubles gigantesques dont les spectaculaires démolitions, comme aux Minguettes à Vénissieux, ont impressionné par la violence sourde et la rapidité de leur exécution, comme si la mise à sac de l'habitacle des relégués avait été nécessaire pour traduire l'étendue de leur misère. Rien de tout cela ne me concerne de près ou de loin, et je dirais même qu'il faisait bon vivre là, dans mon quartier, lorsque j'étais enfant. Il y régnait un climat tout à fait propice à l'épanouissement d'une famille nombreuse. Dans notre petit immeuble, d'abord, une impression de proximité et de sécurité, de chaleur humaine. Nous n'étions pas plus de quatre locataires par palier. La Cité des 3000, ou quartier de la Rose-des-Vents, est constituée d'un ensemble de bâtiments cruciformes à taille humaine, érigés à la fin des années 1960 pour loger les ouvriers de la toute proche usine

Citroën. Arboré, convivial, le quartier qui nous a vus grandir était alors doté d'équipements sportifs et d'une vie associative étendue.

L'emblématique Galion, où nous allions acheter notre poisson le dimanche, dominait les lieux. Les démolitions de cet immense bâtiment, patrimoine affectif des Aulnaisiens, ont débuté à l'automne 2019. Avec lui, c'est toute une partie de ma jeunesse qui s'en est allée. Cependant le vieil Aulnay me poursuit et m'accompagne sans relâche. Et lorsque je repense à des visages croisés et recroisés, enfermés dans le temps, mes souvenirs butent sur celui d'Alain Gaussel, le fabuleux conteur des cités. Je ne connaissais alors pas son nom. Il arpentait Aulnay-sous-Bois pour raconter des histoires aux enfants. Figure locale incontournable pour les gamins de ma génération, ce monsieur est un phénomène. Je l'ai encore croisé il y a une dizaine d'années, à la sortie du métro Garibaldi, à Saint-Ouen. Je l'ai tout de suite reconnu.

– J'étais l'une de vos petites disciples, lui ai-je dit avec ma naïveté enfantine retrouvée. Je vous suis tellement reconnaissante !

Il m'a remerciée pudiquement. J'avais là, devant les yeux, un mythe de jeunesse. Je revois notre conteur dans les années 1980-1990, le cheveu déjà gris, le haut du crâne déjà chauve, invariablement vêtu d'un jean et de ce gilet semblable à celui des pêcheurs, avec des poches latérales au niveau de la poitrine et de la taille – quels trésors y rangeait-il ? On le rencontrait habituellement à la belle saison, ce personnage fantastique, sans rien savoir de l'heure de son passage. On l'attendait patiemment, un peu comme un père Noël estival et rieur. Dès qu'il débarquait, muni de son légendaire sac à dos, un attroupement se formait autour de lui. Il s'installait alors sur un banc, nous prenions place autour, tendant l'oreille. Combien connaissait-il de contes ? Ces trésors immatériels qu'il récitait par cœur nous enchantaient ; il les enchaînait en y ajoutant toute une gestuelle qui nous fascinait. J'aimais les histoires, j'aimais en lire. Inscrite à la bibliothèque municipale, je m'y rendais avec mes grandes sœurs pour lire sur place ou emprunter des ouvrages et les rapporter à la maison. Nous étions également abonnés au club des lecteurs de France Loisirs, ce qui nous permettait d'avoir accès à des livres très divers, tant dans leur contenu que dans leur aspect. Certains enfants d'Aulnay n'avaient au contraire pas de livres chez eux. On ne leur avait jamais lu d'histoires qu'à l'école, et eux-mêmes n'en lisaient pas. C'étaient de ces enfants livrés à eux-mêmes devant un écran de télé, devant quoi ils oubliaient le monde, laissaient s'évanouir leur capacité de réflexion ou d'abstraction. C'était alors pour eux l'occasion unique d'être en contact avec la forme particulière du récit, qui requiert de l'attention, de l'écoute et surtout de l'imagination. D'autant qu'Alain Gaussel semblait tout droit sorti de ses propres histoires. Il y en avait de toutes sortes : des classiques, bien sûr, Cendrillon ou Blanche-Neige, mais également de vraies découvertes, ou des contes qu'il inventait, comme celui-ci, que l'on écoutait tous religieusement, les yeux écarquillés comme à la vue d'un trésor, en attendant qu'il se mette à répéter cette fameuse antienne, le nom du personnage du conte : « Chrysopompe de Pompinasse, Chrysopompe de Pompinasse ! » À ce moment-là, nous étions tous ensemble sans aucune distinction sociale ou culturelle : nous étions de la nation des enfants qui aimaient écouter notre « conteur d'histoires ».

Il n'y a pas longtemps, j'ai redécouvert l'une de mes premières photos de classe. École maternelle des Petits-Ormes, Aulnay-sous-Bois, au début des années 1980. Je me revois petite au milieu de mes camarades. Ce n'est pas simplement la nostalgie de l'enfance qui m'étreint. Une mélancolie plus douloureuse me saisit en m'y attardant : nous étions différents mais nous étions unis. Dans ma classe, il y avait des enfants « comme moi », des petits Français originaires d'Afrique, bien sûr. Mais aussi des Français de France, des Maghrébins, des Mauriciens, des Portugais, des Indiens et des Asiatiques. La vocation d'accueil de l'étranger propre à la Seine-Saint-Denis ne date pas d'hier. Nous formions alors ce qui a été plus tard la « France Black-Blanc-Beur », dans la parenthèse enchantée de cette Coupe du monde de foot que notre équipe a remportée avec éclat en 1998. L'impression de retrouver un moment révolu de notre histoire post-coloniale me serre le cœur. Le XXIe siècle nous aura ouvert de sombres perspectives, par lesquelles les jeunes indigénistes et les jeunes identitaires cultivent la relégation. Où est passée cette douceur de vivre ? Qu'avons-nous fait des promesses que notre jeunesse, ni plus douée ni plus bête, ni plus pauvre ni plus fortunée que celle d'aujourd'hui, faisait à l'avenir ?

« Je vous parle d'un temps que les moins de vingt ans ne peuvent pas connaître » : les paroles qui ouvrent *La Bohème* de Charles Aznavour, l'un de mes chanteurs préférés, résonnent aujourd'hui en moi de manière particulière. Par le décalage qu'elles expriment entre deux générations qui ne se comprennent plus, ces lignes chantées par ce Français de l'étranger font ironiquement état d'une situation qui est la nôtre. Le temps de ma jeunesse est celui où l'on n'écoutait pas Aya Nakamura, mais Georges Brassens et Francis Cabrel dans les cités du 93, et sans en éprouver de la honte ou du dégoût. Où il n'y avait pas de « musique de Blancs » et de « musique de Noirs ». Où nos grandes sœurs, une fois le bac et le permis de conduire en poche, s'empressaient d'aller découvrir Paris et d'autres coins de France, de s'ouvrir à un monde qui n'était pas celui, circonscrit, de leur famille, celui de leur quartier. Où l'autorité du professeur, incontestable, était appuyée par celle des parents. Je vous parle d'un temps où je ne croisais jamais, arpentant les rues de ma cité d'enfance, de bandes d'adolescentes exclusivement noires ou de bandes d'adolescentes exclusivement blanches. D'un temps où les garçons et les filles jouaient et riaient ensemble, partageaient les mêmes rêves. Où un collégien n'invoquait pas le racisme d'un professeur pour s'expliquer qu'on l'avait puni. Je vous parle d'une époque où le prof n'était pas menacé par ses élèves, où régnait une mixité sociale et culturelle réelle, je puis en témoigner parce que je l'ai vécue. Où, parlant la même langue et partageant des valeurs, on pouvait se comprendre, où l'on se mélangeait, où l'on se confrontait.

On peut parler de *melting-pot*, employer le terme désormais si galvaudé de « mixité » pour désigner les habitants de Seine-Saint-Denis à cette époque. Comme dans une publicité de Benetton, et avant que les Inconnus ne tournent la marque italienne en dérision, nos camarades et nous, nous étions tous différents, donc tous pareils. Jaunes, noirs, blancs, café au lait, Arabes, Indiens, une véritable caricature du vivre-ensemble, diront les esprits chagrins de notre temps. Mais ce n'était ni une pub ni une sitcom, c'était la réalité. Et si cette réalité a été rendue possible à ce moment-là dans les territoires d'accueil de l'immigration en France, nous nous devons de l'admettre, c'est parce que nous nous considérions avant tout, tous, comme des petits Français. La question de notre appartenance ne se posait pas. Si nous étions de cultures diverses, l'espace public, lui, était commun. Dans mon souvenir, la fête de l'Aïd était le seul moment, peut-être, où le quartier des 3000 de mon enfance était exotique. Je me rappelle les robes kabyles chatoyantes de mes petites camarades originaires d'Algérie et celles de leurs mamans. Cette intrusion d'une culture autre nous apparaissait alors, à mes sœurs comme à moi, folklorique et joyeuse.

La seule fois où nous avons fait entrer l'Afrique subsaharienne à l'école des Petits-Ormes – et encore ne l'avons-nous pas fait entrer, il ne s'agit en rien d'une revendication : l'Afrique nous avait été imposée par le corps enseignant – c'est au moment du spectacle de fin d'année en CM1. Nous sommes en 1987 et France Gall a sorti l'album *Babacar*, qui est un immense succès et sur lequel on retrouve notamment les tubes « Ella, elle l'a », « Évidemment », et la chanson éponyme, « Babacar ». C'est l'histoire d'un petit garçon sénégalais, Babacar Sall, qui vit dans la misère ; c'est une chanson qui parle de compassion, de lien entre les gens, du souvenir que le regard d'un enfant pauvre laisse dans l'esprit d'un adulte des pays riches. Notre institutrice est tombée amoureuse de ce morceau, alors elle le choisit pour le spectacle, pour nous faire exécuter ce qu'elle appelle une « danse africaine ». Mais qu'est-ce qu'une danse africaine ? Nous n'en avons pas la moindre idée. À l'époque, cela ne me parle pas plus qu'aux autres enfants de la classe. On le devine vaguement, il nous faudrait des tam-tam, être nombreux, se réunir autour des danseurs. Peut-être taper dans nos mains ? Cela doit ressembler à cela, un spectacle, en Afrique. Pour l'occasion, la maîtresse nous demande même de venir en boubou mais, problème, à la maison, point de boubous. C'est une de mes amies, d'origine sénégalaise elle aussi et qui s'est rendue au Sénégal l'année passée, qui me dépanne alors et accepte de m'en prêter un pour le jour J. C'est seulement à la suite de ce spectacle de danse, et parce que ma mère n'avait pas apprécié que j'aie dû emprunter les habits d'une autre, que mon père nous rapporte d'un de ses voyages, à mes sœurs et à moi, des boubous à notre taille. Hors de question, cependant, de les porter dans la rue.

Les ennuis ont commencé lorsque cette douce évidence d'être français, partagée par tous les enfants de France à cette époque, n'en a plus été une. Quand on a commencé à entendre des enfants, des adolescents commencer leurs phrases par « Nous, les Algériens... » ou « Nous, les Ivoiriens... », quand on a trouvé normal de se promener avec le drapeau de son pays d'origine après les matchs de football, quand on a entendu siffler *La Marseillaise.* On a su que c'était la fin de quelque chose, la fin du processus d'intégration et le commencement d'une certaine désintégration.

Une certaine jeunesse se gorge désormais de revendications identitaires. « On est chez nous », peut-on entendre chez les identitaires de droite, injonction à laquelle répondent certains identitaires de la gauche décoloniale, ces « indigénistes », en déclarant : « Nous ne sommes pas de chez vous. » Les uns comme les autres expriment la même détresse, cette carence, cette ignorance d'eux-mêmes et de leur héritage. Le mal de cette jeunesse, c'est le déracinement. Comme un chant, une élégie, il est au cœur de l'œuvre des poètes de la négritude du XXe siècle. Cheikh Hamidou Kane l'a rendue vivante dans *L'Aventure ambiguë*, l'un de mes livres de chevet. Dans ce roman paru en 1961, lauréat du Grand prix littéraire d'Afrique noire l'année suivante, l'écrivain sénégalais décrit l'itinéraire du jeune Samba Diallo, déchiré entre son éducation coranique stricte, le poids des ancêtres et de la famille, et l'Occident, qu'il entrevoit à travers ses études de philosophie. « J'ai choisi l'itinéraire le plus susceptible de me perdre », déclarera-t-il à propos de la singularité de son parcours. Deux autres grands écrivains sénégalais me renvoient à cette « aventure ambiguë » : Léopold Sédar Senghor et Birago Diop, qui ont aussi rendu compte de ce mal du pays éprouvé par celui qui n'a d'autre choix que de vivre sur une terre qu'il ne reconnaît pas comme la sienne. Nulle part il n'est chez lui, alors il fuit, mais sa destination lui semble étrangère, alors elle le renvoie vers son point de départ, sa tristesse originelle. Ces revendications, échouées comme des regrets, « On est chez nous », « Nous, les Algériens... », « Nous, les Ivoiriens... », me semblent errer en quête d'un écho. Elles voudraient signifier une appartenance, marquer l'histoire, mais elles ne font que démontrer la virulence du déracinement. Comment se dire Français de souche, Algériens, Ivoiriens, en ignorant les coutumes, les légendes, la religion, la langue et la littérature, l'art de vivre, le paysage, la sociologie du pays dont on se revendique ? Mélancolie de l'incomplétude, engrais des discours de haine, les méfaits du déracinement n'ont pas fini de nous abîmer.

6

Terra Incognita

Je suis revenue à Aulnay à l'automne 2020, et je n'ai pas reconnu la ville de mon enfance. Mille fois pourtant j'avais arpenté ces ruelles, traversé ces carrefours et joué dans ces parcs. J'avais été, parmi les miens, une Aulnaisienne. Ce jour, je ne reconnaissais rien ni personne, et les gens que je croisais me regardaient de travers. Derrière l'hostilité de leurs visages, je pouvais entendre des mots comme des poignards : « Toi, tu n'es pas d'ici, va-t'en. » Aulnay-sous-Bois n'était plus chez moi. Voulais-je à tout prix thésauriser, conserver quelque chose de cette cité ? Pas le moins du monde, c'était une autre ville, et j'étais bien étrangère à cette nouvelle manière de ne pas vivre ensemble. Aux 3000, j'ai croisé des Noirs entre Noirs, des Arabes entre Arabes. Point. Nulle part la mixité dans laquelle j'avais évolué toute ma jeunesse n'était perceptible. Les Blancs étaient partis, les Jaunes aussi d'ailleurs. L'Afrique du Nord et l'Afrique noire avaient donc demeuré, mais ses représentants, recroquevillés sur eux-mêmes, refusaient désormais de partager quoi que ce soit avec des personnes qui n'avaient pas le même visage, pas la même couleur de peau qu'eux. Ce que j'ai ressenti s'est apparenté à de l'écœurement, mais la colère a pris le dessus.

Je suis repassée aux Petits-Ormes. L'école n'avait pas changé, les bâtiments semblaient fidèles à mon souvenir. Un maigre réconfort. Devant l'établissement, j'ai croisé un ancien instituteur. J'avais été dans la classe de ce maître d'école, je l'ai tout de suite reconnu, mais lui ne se souvenait pas de moi. « Mais, si, vous savez bien ! » J'ai répété mon nom. Sa réaction ne m'a pas surprise, en repensant à ma timidité, à ma discrétion d'alors. Ce n'est que lorsque j'ai parlé de mes frères que mon nom de famille lui a évoqué quelque chose. Il se rappelait ces prodiges du football, ces « pieds en or ». Certes, j'avais quitté Aulnay quasiment trente ans plus tôt. Il était pourtant difficile d'admettre ce que la ville était devenue. Nous savons bien tous que ce n'est pas une question de temps. Dans cette histoire d'isolation, de relégation volontaire, le temps n'a jamais joué qu'un rôle secondaire, il a seulement permis à ce dispositif, dont les graines ont été plantées en amont, de croître et de prospérer.

J'avais tout de même un mauvais pressentiment. Je ne suis pas aveugle, je sais ce qui se passe en France, je sais comment cela évolue. Je n'aurais pas eu l'idée de remettre les pieds de moi-même à Aulnay. Si je m'y suis rendue, c'est parce que je ne pouvais pas me soustraire à une obligation. J'ai une amie d'enfance qui a perdu son père, emporté comme tant d'autres par la Covid-19. Sofia a quitté Aulnay depuis longtemps elle aussi, elle a construit sa vie ailleurs. Ses parents, eux, y sont restés. « Cela me ferait du bien que tu viennes pour la cérémonie religieuse », m'a-t-elle expliqué. Je n'ai évidemment pas réfléchi, je sais bien ce que c'est de perdre son papa, cela m'est arrivé de manière tout aussi tragique lorsque j'étais adolescente. J'en reparlerai.

– Attention, a-t-elle ajouté, ça risque de te faire bizarre.

– Bizarre, quoi ?

– Ben, les gens, les gens avec qui on a grandi et qui sont restés ici, Madi... On a tous changé, évidemment, hein. Mais eux, ils sont partis autre part, tu comprends ? Ils ont rejoint une autre dimension, disons.

Sofia tournait autour du pot. Je n'avais pas envie de lui en vouloir. Les circonstances, bien sûr. Et puis elle non plus, elle n'avait pas tellement aimé revenir à Aulnay ce jour-là. Elle avait dû négocier avec des jeunes qui traînaient sur le parking pour pouvoir garer sa voiture, leur expliquer qu'on enterrait son père, que s'ils pouvaient être suffisamment sympas pour lui accorder une place sur leur territoire, ce serait super. Elle avait dû forcer le sourire. Des mufles.

La famille de Sofia est d'origine marocaine. Ce sont des gens ouverts et modernes. Dans ces circonstances, ils tranchaient singulièrement avec une autre partie de l'assistance, que j'observais comme une anthropologue, pas tout à fait certaine de croire ce que je voyais. Le port de la burqa et celui du niqab sont interdits en France. La loi du 11 octobre 2010 proscrit la dissimulation du visage dans l'espace public. Le voilement du visage n'est pourtant qu'une péripétie parmi d'autres, illustrée par l'affaire de Creil en 1989, et l'affaire dite de la « maman voilée » prise à partie par Julien Odoul (RN) au conseil régional de Bourgogne-Franche-Comté en octobre 2019. La loi est la loi, pour autant je donnerais cher pour la voir appliquer sur le marché et dans les rues d'Aulnay. Il faudrait évidemment se demander ce qui s'est passé pour que nous en soyons là, pour que la police ne soit plus en capacité de faire appliquer les lois de la République.

Des femmes voilées, certaines dont on ne voyait que les yeux, certaines même gantées, toutes en noir, sont donc venues adresser leurs condoléances à la famille de Sofia lors de cette réception qui s'est tenue dans l'appartement de ses parents. Nous avons écouté une lecture et un commentaire du Coran, puis nous avons parlé, des groupes se sont formés. Je suis allée vers ces femmes pour essayer de comprendre qui elles étaient, ce qu'elles faisaient là, en France, en 2021. La plupart ne travaillaient pas, et elles disaient en tirer une certaine fierté. Si ce n'était pas une fierté, elles le justifiaient immédiatement par l'argument sacro-saint du mariage, du mari qui pourvoirait bientôt à leurs besoins et ferait leur bonheur. Avec mes études, mon engagement associatif et politique, avec ma conception moderne et je dirais conventionnelle de la vie, j'étais une alien. Mais j'ai poursuivi mon exploration de cette planète déroutante. Depuis l'autre bout de la salle, assistant aux mêmes conversations, exposée aux mêmes considérations, Sofia m'envoyait des SMS.

– *Ça va, pas trop perdue ?*

– *Qu'est-ce qui se passe dans cette pièce ? Qu'est-ce qui se passe chez ces femmes ?* demandais-je.

– *Je t'avais prévenue...*

Bientôt, en me rapprochant d'un groupe, je me suis rendu compte que ce sujet du mariage ne mettait pas tout le monde d'accord. Certaines avaient tenté l'aventure, qui s'était mal passée. D'autres étaient toujours en quête de mari. Les discours divergeaient. Quelques filles indépendantes, qui travaillaient, soutenaient qu'il était hors de question de se marier avec un délinquant. « Ici, à Aulnay, y a pas de mecs corrects. Que des dealers ou des bons à rien, comment vous allez le trouver, votre mari idéal ? » Les autres leur objectaient que le principal était de servir son homme à la maison, « même si lui ne fait rien et qu'il touche le RSA, c'est pas grave, c'est bien comme ça ». Rétrogradation de la condition de la femme, vécue et vantée par celles qui la subissent. Provocation ? Ambition sociale à zéro. Voilà en quelques mots ce qu'était devenue une partie des gens d'Aulnay-sous-Bois.

Le plus étonnant, dans cette histoire de dévotion servile à l'époux, c'est que le propos émanait d'une femme dont je me souvenais très bien lorsqu'elle était adolescente. Je l'avais identifiée, malgré son voilement, parce que j'avais identifié sa voix. « Oui, c'est elle », m'avait confirmé Sofia par SMS. D'une famille catholique d'origine subsaharienne, elle s'était convertie pour se marier avec un Maghrébin, me précisa mon amie. Cela s'était mal terminé. En effet, la fille racontait maintenant qu'elle avait été mariée une fois déjà, mais qu'elle « voulait le refaire ». Objectif mari, c'était son leitmotiv, c'était sa vie. Elle était mère d'une jeune fille de dix-huit ans, qu'elle avait eue jeune. Je lui ai demandé si je pouvais voir sa fille. N'avait-elle pas une photo à me montrer ?

– Je n'ai pas de photo de ma fille, non.

La sécheresse de sa réponse m'a interloquée. Une forme de malaise m'a envahie lorsque j'ai compris que c'était parce qu'elle n'avait pas le droit d'en avoir. Il n'y avait pas de brouille entre mère et fille qui empêchait cette femme d'avoir toujours sur elle le visage de son enfant, mais un interdit religieux, qui régissait la manière dont elle devait ou non s'attacher aux personnes. Ou, plus précisément, une disposition de l'islam parfaitement détournée par les intégristes : les sunnites ne représentent pas le Prophète (Paix sur Lui), mais les fous de Dieu étendent cette interdiction de la représentation à tous les fidèles. J'ai pris un peu de recul pour observer Carole s'assurer que son voile lui couvrait bien la gorge. Je n'arrivais pas à faire le lien avec la fille que j'avais connue à l'époque du collège. J'étais stupéfaire. J'en gardais un souvenir éblouissant, elle faisait partie des filles que j'admirais. Quand j'avais quatorze ans, je voulais devenir Carole. C'était l'une des stars du collège. J'ai décidé de prendre mon courage à deux mains, de lui dire tout cela. J'avais envie de la confronter à la personne que j'avais connue. Je crois aussi que j'en avais besoin.

– Tu n'as pas l'air de te souvenir de moi, Carole, mais moi je me souviens parfaitement de toi. Tu étais tellement belle, d'une beauté rare. Avec ton jean 501, ton spencer, tes baskets Reebook noires… Tu étais à la pointe de la mode. Au collège, tu avais un succès fou. Tu étais tellement coquette.

J'ai vu que Carole m'écoutait. J'ai vu qu'elle souriait en m'écoutant, j'ai vu ses yeux se plisser au-dessus du tissu qui la recouvrait presque entièrement. J'ai vu l'expression d'un sourire, l'expression qu'elle n'a pas le droit de délivrer, j'ai entraperçu l'émotion, la vraie vie dans le cœur de cette femme, que sa conception imbécile et sectaire de la foi lui interdisait de manifester.

– C'est dingue, m'a-t-elle répondu, tu as vachement bonne mémoire ! J'étais exactement comme ça. C'était ça… c'était ce que j'étais.

Sa réponse m'a rendue triste. Elle disait comment elle avait fait le deuil d'elle-même. Une fois rentrée chez moi, j'ai pris mon téléphone et j'ai appelé ma mère :

– Maman, Aulnay c'est un cauchemar, c'est l'enfer. Vraiment, je crois que nous avoir fait partir de là avant que ça ne devienne ce que j'en ai vu, c'est ce que papa a fait de mieux pour nous.

À l'autre bout du fil, je n'ai rien entendu. Il y a eu un long silence, puis un soupir, ce si lourd soupir qui traîne les peines de notre temps, d'une France désintégrée, irréconciliable. Le soupir de ma mère, c'est peut-être ce qui a été le plus difficile à encaisser.

7

Mon islam

Française musulmane, j'avoue n'avoir jamais eu besoin de me réislamiser, ni même de m'islamiser. Il faut aussi vous dire que l'islam du Sénégal est un islam bien différent de celui des pays du Maghreb. C'est l'islam de l'Afrique, empreint de nos cultures propres, vivant et traversé par nos traditions à nous. Un islam, oserais-je dire, africo-africain, plutôt tolérant, ouvert, qui cohabite amicalement avec le catholicisme. Qui ne revendique pas, qui se vit, tout simplement. Au Sénégal, vous ne trouverez pas de « musulman pratiquant », il n'y a que des musulmans tout court.

Lorsque j'ai commencé à faire le ramadan, j'étais en sixième à Aulnay. Aucun de mes copains maghrébins ne le faisait encore, et je me rappelle les avoir taquinés : « Vous êtes musulmans par héritage ! » leur ai-je lancé. Une manière pour moi de leur signifier qu'ils n'y connaissaient rien. À leur décharge, certains de mes camarades provenaient de familles qui avaient fui l'intégrisme religieux des Frères musulmans en Algérie ; leurs parents se tenaient donc très à distance de la religion. Je n'ai pas l'infortune d'avoir des proches, amis ou famille, tombés dans cet islamisme qui gangrène nos banlieues. Potentiellement, les femmes en niqab que j'ai croisées à l'enterrement du père de Sofia auraient pu être mes amies, mais ce n'était pas le cas. Cet épisode glaçant, vertigineux, m'a néanmoins donné à réfléchir.

J'ai pensé à l'intuition de mon père, qui avait été juste en nous faisant quitter Aulnay dans les années 1990, terriblement juste, comme s'il avait senti que le vent tournerait. J'ai pensé au désespoir et, entre toutes autres choses, à cette quête d'un imaginaire amputé, à cette transmission manquée, j'ai pensé à l'échec qui nourrit la haine et au fait que ces personnes, en épousant cette mouvance, avaient sans aucun doute eu le sentiment de trouver une famille. Nous savons à quoi ressemblent les chefs de ces « familles ». Les prédicateurs sont d'anciens dealers, d'anciens délinquants, qui le sont parfois encore. Leur discours est d'autant plus efficace qu'il est simple. Il ne touchera donc que les individus en manque de repères – Dieu (oui, c'est le cas de le dire) sait combien il y en a. « Dans ce pays, on ne t'aime pas, serinent-ils. Dans ce pays, tu n'es pas chez toi. » Ce sont des dealers d'identité ; la came qu'ils proposent est addictive, elle fait décoller de la réalité.

C'est à travers ma famille, ainsi qu'à travers ma propre expérience du Sénégal, que l'islam de mes ancêtres m'a constituée et qu'il est lié à ma vie. J'ai parfois le sentiment d'être en décalage avec la réalité française, où l'on relègue la « communauté musulmane », désignée comme telle par la presse, bien souvent, hors du champ social conventionnel. Parce que je suis pleinement actrice dans notre société ! Au Sénégal, il n'existe pas d'opposition entre la culture musulmane et le reste. Les enfants peuvent aller à l'école coranique (chez nous, les *dahras*) et être inscrits à l'école française. La France et l'islam ne s'opposent pas, les enfants reçoivent ces deux héritages de notre passé. Sont ainsi transmis la morale, l'autorité, la culture, l'importance d'écouter la parole de l'adulte, autant que celle de l'éducation et du travail.

En octobre 2020, avec l'une de mes sœurs, j'ai fait mon premier pèlerinage à la ville sainte de Touba, capitale de la confrérie mouride située à cent quatre-vingt-quatorze kilomètres de Dakar. Cette ville religieuse, fondée en 1888 par Cheikh Ahmadou Bamba, guide suprême et fondateur de la confrérie mouride, ainsi initiateur d'une voie mystique musulmane, est un haut lieu du soufisme africain. Ma sœur et moi y avons demeuré quelques jours, en compagnie d'autres « Sénégalais de l'extérieur ». Le Magal Touba est donc le grand rendez-vous annuel de la communauté mouride à laquelle j'appartiens. Chaque année, l'ensemble des mourides du monde entier convergent vers la ville sainte. C'est un moment fort, de spiritualité, qui commémore le départ en exil de Cheikh Ahmadou Bamba.

En réalité, le Magal commence dès Dakar, je veux dire que, lorsqu'approche le moment du pèlerinage, la ville de Dakar se met à avoir comme un parfum de Magal. On sent que quelque chose se prépare : en quelques jours, la ville se vide, tout le monde prend la direction de Touba. Deux jours avant le début du pèlerinage, ma sœur et moi avons pris la route de nuit pour nous rendre à Touba, une route balisée par les gendarmes et la protection civile. Covid oblige, ils veillaient à nous rappeler la nécessité du respect des gestes barrières... Mais je ne peux pas leur en vouloir : nous étions au paroxysme de la crise en Europe, les contaminations reparties à la hausse et un afflux de « Sénégalais de l'extérieur », venus de France pour le pèlerinage, faisaient craindre une hausse de l'épidémie au Sénégal. « *Salam aleykoum* » : à chaque aire de repos, les gens se saluaient comme s'ils se connaissaient. Il y avait cette bienveillance, cette complicité dans les regards, comme un sourire entendu, un secret que l'on partage : quelque chose de plus grand que nous nous attendait là-bas. L'entraide, aussi, me frappait, la spontanéité dont faisaient preuve les pèlerins entre eux pour faciliter leur voyage. Le secours, l'assistance à son prochain, la participation à la construction du bien commun... un trait, un marqueur fort chez les mourides.

Après quatre heures d'une route longue, chargée et ralentie par les embouteillages, nous atteignons enfin la « ville lumière ». Un vent de soulagement, d'apaisement me traverse. Cela ne relève pas uniquement – j'en ai la conviction – de la foi, de l'arrivée, de la tension qui retombe. Il y a autre chose, lorsque l'on entre dans Touba. Une nouvelle dimension sociale, humaine et spirituelle se fait jour. C'est indicible, c'est sacré. Cela touche, enfin, à l'allégresse. Nous sommes accueillies en grande pompe par notre hôte, Cheikh Diop, qui est un ami, un frère, qui, comme nous, est venu de France. Nous passerons quatre jours formidables dans sa famille, entourés de gens qui rayonnent de grâce et de bienveillance.

Les temps forts du Magal Touba sont dédiés à la prière dans la Grande Mosquée de Touba et à des moments de communion et de prière sur les mausolées de différentes grandes figures du mouridisme. Jamais de ma vie je n'ai vu un lieu de culte aussi grand, aussi imposant, puissant, somptueux. Les sept minarets de la Grande Mosquée, que l'on peut admirer d'où que l'on se trouve dans la ville, rappellent sans cesse la grandeur du lieu. Pendant toute la durée du Magal, la ville est saturée, surpeuplée. Les files d'attente s'allongent à perte de vue devant la Grande Mosquée. Hommes, femmes, enfants, tous vêtus de leurs plus beaux boubous, continuent d'affluer. Explosions de couleurs permanentes. Des senteurs merveilleuses s'ajoutent également à ce superbe patchwork. C'est le parfum de la paix et de la joie. La ville est tellement lumineuse et éclairée que, même la nuit, on pourrait se croire en plein jour. À notre tour, ma sœur et moi tentons d'intégrer la file pour entrer dans la cour de la Grande Mosquée. Après une longue attente, nous y parvenons enfin. Là, nous prions, assises sur le carrelage chaud, entourées de milliers de fidèles qui s'y recueillent à l'unisson. Pour nous et nos proches, mais aussi pour tous ceux qui nous entourent. Nous prions pour la paix dans nos familles, pour la paix dans le monde.

De Touba, je suis rentrée pleine d'une quiétude intérieure, le cœur léger mais paradoxalement l'esprit un peu lourd. Car parmi les pèlerins qui étaient avec nous se trouvait une forte proportion de personnes devenues françaises ces trente dernières années. Celles-ci s'inquiétaient pour le devenir de leurs enfants et de leurs petits-enfants, qui n'avaient connu que la France, loin de l'enfance que j'avais eue, où le sentiment d'appartenance à la patrie était une certitude. Elles me disaient combien elles étaient choquées de la tournure que les événements avaient prise chez nous. Nous avons réfléchi, ensemble, à constituer une association pour sensibiliser les parents d'enfants d'origine subsaharienne sur la religion et sur la culture, en dressant le constat triste mais réaliste que les familles étaient surtout préoccupées par la recherche du bien matériel. C'est sur cela qu'a prospéré l'islamisme : ce manque, cette place spirituelle, supérieure, à prendre. Car lorsque nos enfants vont apprendre la religion dehors, avec d'autres, ce n'est bien souvent pas celle de leurs ancêtres. Nous prenions l'exemple de jeunes d'origine malienne ou sénégalaise qui avaient ainsi été embrigadés, alors qu'ils avaient un père et une mère qui connaissaient parfaitement l'islam, cet islam africain, mais qui avaient renoncé à le transmettre. Nous avons émis cette volonté conjointe de dénoncer le péril que court une partie de notre jeunesse, ainsi livrée à l'ennemi.

8

L'Afrique

Un jour, j'ai grandi, j'ai eu quatorze ans, et j'ai quitté la France. J'ai découvert l'Afrique. La promesse de mon père était donc authentique : j'ai quitté la France pour aller vivre au Sénégal. Je me souviens comme si c'était hier du jour de notre départ vers la terre de mes ancêtres, en plein mois de septembre. C'était aussi le jour de la rentrée scolaire. Ce jour-là, ma vie prit un tour réellement surprenant : j'aurais pu entrer en classe de seconde au lycée Jean-Zay, mais un changement de scénario a eu lieu, je me suis envolée pour Dakar. Je me suis échappée sans préjuger de l'avenir, à un moment de l'existence où tout est encore ouvert, malléable, perfectible. Je sentais déjà que mon existence allait croître en possibilités, en chance et en humanité.

Jusqu'au dernier moment, mes amies ont ignoré que j'allais les quitter. Je n'avais prévenu personne, ou quasiment, de ma séparation d'avec la terre natale. De nature émotive, je ne voulais pas pleurer ou perdre mes moyens. J'avais choisi de ne rien dire. À la fin de l'année, après obtention de mon brevet des collèges et mon passage en seconde, mon père était simplement passé voir les professeurs. Il s'était entretenu avec eux à propos du départ programmé. Pour une raison que j'ignore, on m'avait tout de même inscrite au lycée. « Non, mais tu ne penses pas que ton père te fait une blague ? » ont demandé mes copines, le jour où, finalement, je leur ai dit la vérité. Elles restaient dubitatives, mais je savais très bien ce qu'il en était. Ses allers et retours ne laissaient entrevoir aucune ambiguïté. Mon père achetait régulièrement des meubles, qu'il emportait pour la maison de Dakar, demeure qui, une fois achevée, avait vocation à tous nous accueillir.

On nous le répétait depuis notre enfance : le but de papa était de revenir au Sénégal pour sa retraite et d'y passer ses derniers jours. À une époque où il semble que tout le monde veut devenir français, la trajectoire de mon père pourrait surprendre. Il ne s'est jamais senti français, n'a jamais désiré acquérir la nationalité française. Certes, il a aimé la France de toute son âme, mais comme un pays ami, avec la conviction profonde qu'il retournerait un jour chez lui. Et lorsqu'il nous disait « Vous, vous êtes chez vous », c'était tout aussi vrai, c'était tout aussi fort. Toute la période française de la vie de mon vieux papa visait à gagner son pain et amasser suffisamment pour revenir chez lui avec son épouse et ses enfants. C'était un dessein de quiétude, qu'il a eu le temps d'accomplir.

Ce jour-là, nous avons quitté Aulnay-sous-Bois dans l'après-midi. Mes copines, qui avaient eu cours le matin, ont tenu à être présentes pour me dire au revoir. Certains de nos amis nous ont même accompagnés jusqu'à l'aéroport. Nous nous sommes serrés dans les bras, et puis vers dix-huit heures l'avion a décollé. En vol, un événement est survenu, comme un avertissement. Mon père a été pris d'un impressionnant malaise cardiaque. Une malédiction le hantait : chez les Mandingues, on dit qu'il ne faut jamais réunir tous les membres d'une même famille dans un seul moyen de transport, car si un malheur survient il ne reste alors plus personne pour perpétuer la lignée. Un temps, papa a ambitionné de nous faire voyager sur des vols séparés, envisagé de faire voyager ma mère et les petits d'abord, puis lui et les grands ensuite, mais cela s'était avéré trop compliqué en termes d'organisation. Lui seul connaissait la ville de Dakar et le quartier où nous allions prendre racine. Je crois en Dieu et, à travers sa voix, en la destinée qui nous guide. Dans l'avion, le voisin de droite de mon père, qui était médecin, lui a sauvé la vie. Soulagement en arrivant à l'aéroport Léopold-Sédar-Senghor, où papa arriva certes éprouvé, mais dans un état qui laissait à penser qu'il ne s'était pas produit ce qui venait de se produire. Je crois qu'on peut appeler cela un « miracle ». Nous avons également ressenti de la stupéfaction. On nous avait parlé de l'Afrique comme d'un continent noir, mais dans cet aéroport international – le principal aéroport civil du Sénégal avant que l'aéroport Blaise-Diagne ne soit inauguré en 2017 – se côtoyait le monde entier. Combien les jeunes, dans leur ignorance du monde, peuvent être naïfs ; et combien leur représentation de l'étranger, simplifiée, les rassure. Alors que tout est mélange, intrication, transit. Alors que tout est rencontre, dialogue ou confrontation, que tout nous pousse irrémédiablement à sortir de nous-mêmes.

Je me rappelle un passage à la douane particulièrement laborieux. Nos bagages étaient si nombreux – notre maison française tout entière contenue dans ces sacs de transport, valises, emballages et cartons. Un neveu de papa a fini par négocier avec les agents, qui ont bien voulu nous laisser quitter l'aéroport. Je me rappelle une histoire cocasse à notre arrivée dans la maison, celle d'une mère de trois enfants, une infirmière, restée au premier étage après l'expiration de son bail de location, qui considérait qu'elle était chez elle parce qu'elle habitait là depuis des années, et avec qui il a fallu cohabiter une semaine avant que la police ne vienne la déloger. Je me rappelle encore un merveilleux premier matin dakarois, avoir ouvert les volets sur un nouveau paysage, une organisation urbaine, humaine et végétale parfaitement inconnue ; avoir entendu le chant de ces oiseaux que je n'avais jamais entendus auparavant, et celui du muezzin, l'appel à la prière provenant de la mosquée qui se trouvait en face de chez nous. J'étais tombée sur le minaret en ouvrant mes volets, et sur ces deux grands palmiers qui concordaient sagement avec mon fantasme africain.

Nos yeux éberlués, encore ensommeillés, ont ensuite rencontré ceux des habitants du quartier, qui fixaient la maison et ses nouveaux occupants. Ils avaient eu vent de notre arrivée et voulaient savoir à quoi ces Français ressemblaient. Ces étrangers, les Aulnaisiens. Ce n'était cependant pas un regard inquisiteur. Ce serait méconnaître l'art de vivre sénégalais, la Teranga, d'y voir de la défiance, quand chaque nouveau venu doit être salué, accueilli, son nom connu, ses besoins satisfaits. C'est ainsi que nous avons assisté impuissants au défilé d'un nombre incalculable de personnes à la maison dans les premières semaines. Untel était un vieil oncle, Unetelle la cousine de la grand-mère, d'autres étaient des cousins, dont la filiation nous échappait un peu, et qui venaient nous offrir des meubles, des vêtements ou de la nourriture. D'autres, des amis que nous ne connaissions pas. Notamment des voisins, qui connaissaient déjà mon père et que j'évoque un peu plus loin dans le récit.

Tant de gens méconnus qui nous aimaient déjà avant de nous rencontrer. « *Salam aleykoum*, que la paix soit avec vous. » Je me rappelle avoir demandé à mes parents : « Quand pourrons-nous passer un repas en famille, je veux dire, juste entre nous ? » L'Afrique fut ainsi, dans mes premiers échanges avec ses habitants, un continent de chaleur humaine et d'entraide. Un arbre généalogique aux racines aériennes, aux bourgeons abondants.

Au bout de quelques jours, une étrange nostalgie s'était fait sentir. Mon esprit s'emplissait de choses belles et nouvelles, mes yeux, mes oreilles, tout était parvenu à me faire oublier, un temps, là d'où je venais, où j'avais grandi et laissé mes amies. Mais subrepticement c'était revenu, comme la douleur d'une perte irréversible, celle d'une douceur de vivre, l'enfance et l'innocence. L'excitation et l'émerveillement devant ce nouveau monde ne compensaient rien. Il me fallait donc procéder au deuil de ma première partie d'existence, accepter de faire un pas vers l'adulte que je deviendrais. Pour cela, je comprenais que je devais pleinement devenir sénégalaise.

Trois mois après notre arrivée, mon père décédait brutalement d'une crise cardiaque.

Le sursis que Dieu lui avait accordé depuis le voyage en avion lui avait permis d'installer sa famille, de révéler à ses enfants ce pays dont ils étaient originaires. Désormais Il le rappelait à Lui et papa s'éteignait, comme cela avait été son vœu, sur la terre de ses ancêtres. L'Afrique a donc correspondu à un point de bascule dans mon parcours : j'ai été contrainte de grandir très vite. Pour ce faire, j'ai dû anéantir ma timidité, sortir de moi-même, m'imposer. Est-ce la mort de mon père qui m'a permis de vaincre cette introversion, mais n'est-ce pas, également, la vie au Sénégal, ce pays où tout pousse à rencontrer les autres, à leur parler, à recevoir et à donner ? En France, nous étions une famille taiseuse, éduquée par des parents réservés. Nous nous faisions discrets. Au Sénégal, je me suis forcée à prendre la parole. En classe, j'avais toujours une nette préférence pour l'écrit, mais, en montant sur l'estrade pour faire mes exposés, j'avais le sentiment d'un progrès considérable. Sous l'ancienne carapace, j'ai vu luire, très distinctement, les promesses d'une nouvelle peau.

9

Les talibés

Le chagrin de la perte de papa était incommensurable. Ce que je vivais pourtant au Sénégal séchait mes larmes, car j'y réalisais combien j'étais une privilégiée. Chaque jour, sur le chemin de l'école, je croisais des enfants en bas âge qui faisaient la manche dans la rue. Parfois, en plus de ces bambins, on pouvait voir quémander des femmes, leur bébé sur le dos. Ces gens ne pleuraient pas comme je pleurais alors. Certains n'avaient sans doute ni père ni mère, pas de toit où s'abriter, pas de lit où dormir. Ils ne mangeaient pas tous les jours à leur faim. Et pourtant leur force me frappait, elle sautait aux yeux. Ils vivaient, ils continuaient de vivre. Dans ces pays où la classe moyenne n'existe pas, la réalité de la misère matérielle s'impose à nous, nous y sommes chaque jour confrontés. Lorsqu'une petite Française découvre cette réalité-là à cet âge-là, jamais plus elle ne pensera qu'elle peut être une victime. C'est en cela aussi que le Sénégal m'a renforcée. Les vraies victimes qui défilaient devant moi étaient dignes, la plainte leur était singulièrement étrangère. Tout dans leur attitude récusait ce statut de victime. Ces enfants furent mon exemple.

Avec mes sœurs, nous avons commencé par leur donner tout notre argent de poche. Nous, nous étions riches, cela ne comptait pas. Nous pouvions donner et, surtout, nous ne pouvions pas rester sans rien faire. Ainsi est né mon premier engagement. Jamais auparavant je n'avais vu des enfants de trois ou quatre ans mendier dans la rue – les plus âgés avaient peut-être sept ou huit ans. Ce qui me choquait le plus était qu'ils paraissaient invisibles aux yeux de tous, de la même manière que, chez nous, nous ne prêtons plus attention aux SDF sur les trottoirs. Le regard des passants s'était habitué à la présence de ces petits mendiants des rues. J'interrogeai mon père – la genèse de mon action se situe juste avant son décès, mais c'est bien sa perte qui m'a poussée à envisager comment réagir face au malheur :

– Qui sont ces enfants ? Où sont leurs parents ? Pourquoi personne ne fait rien pour eux ?

– Madi, les parents de ces petits ne savent même pas qu'ils mendient…, m'expliqua papa, la première fois que je les ai vus, juste après notre arrivée. Ils viennent de villages, ils sont envoyés ici, à Dakar, dans des écoles coraniques, chez un précepteur qui leur apprend les fondements de l'islam. Celui-ci n'a pas les moyens de les entretenir, alors les enfants mendient une bonne partie de la journée. Il les nourrit et les loge donc avec l'argent qu'ils rapportent. Je sais que c'est dur, mais c'est ainsi.

J'étais stupéfaite.

– Papa, on ne peut pas laisser ces petits enfants comme ça dans la rue, c'est inacceptable.

Mon père soupira, mais il sourit aussi. Le souci des autres, il l'avait eu toute sa vie. Ma plus grande joie est qu'il ait eu temps de constater qu'il avait réussi dans la passation de cette fibre sociale qui irriguait sa vision du monde, car il a assisté aux prémisses de notre travail associatif. Au Sénégal, Human Rights Watch estime aujourd'hui à cent mille le nombre d'enfants forcés de mendier chaque jour pour leur maître coranique, sous peine de brimades physiques ou psychologiques. Ce sont des petits garçons, des élèves de Dieu, qu'on appelle les « talibés ». Les petites filles vivent préservées de ce sort. Il y a quelques années, un scandale a permis de délier les langues sur le sujet de l'emprise des confréries religieuses. Les talibés de Cheikhouna Guèye, maître coranique, étaient maintenus enchaînés. Il a comparu devant le juge, accompagné de quatre pères de famille et du forgeron qui avait confectionné les chaînes, et il a reconnu les faits. Pour sa défense, le maître a argué que l'enchaînement des enfants servait à limiter leurs fugues, une « vieille pratique ». C'est proprement révoltant.

Nos débuts ont été modestes. En mettant notre argent dans la poche des enfants de Dakar, nous leur soufflions de ne pas tout donner au précepteur, de s'assurer d'abord d'avoir le ventre plein avant de lui donner le reste. Au Sénégal, on l'appelle aussi « le marabout ». Ce n'est en aucun cas péjoratif, c'est seulement l'appellation d'usage. Très vite, nous avons ressenti la nécessité de mettre à l'abri ces enfants. Après tout, nous avions une grande maison, une large terrasse, nous pouvions les accueillir et leur rendre la journée moins pénible. C'est ainsi que les petits garçons de la rue vinrent jouer chez nous tous les mercredis et les samedis, sur de grands tapis que ma mère disposait sur la terrasse. Aux plus grands, j'apprenais le français, en échange de quoi ils m'enseignaient le wolof, la seule langue qu'ils parlaient et comprenaient. Avant leur départ, je leur donnais de quoi contenter le marabout. Certains de ces enfants n'avaient jamais pénétré dans une maison en hauteur, c'était quelque chose que, dans les villages, on ne rencontrait pas. Monter dans les étages leur paraissait fabuleux ; la télévision aussi. Une règle d'or entre nous : ne rien dire de leur journée au marabout, lui faire croire qu'ils avaient mendié l'argent qui se trouvait dans leurs poches.

Par la suite, j'ai officiellement créé une association que j'ai appelée « Sauver les enfants de la rue ». Lorsque ma mère, mes sœurs et moi avons procédé au dépôt de statuts, j'ai vraiment eu le sentiment d'être utile. Je servais à quelque chose dans le monde, je pouvais changer ce qui s'y déroulait. Ainsi naquit ma conscience politique, ma conscience de l'intérêt général. Où donc était passée cette petite fille timorée que j'avais été jusqu'au collège ? Il arrive parfois que les circonstances nous poussent à prendre nos responsabilités. Devant un gamin de trois ans qui marche pieds nus dans la rue, on se retrouve poussé à agir. Et lorsque cette expérience survient dans l'adolescence, elle nous marque à vie et décide du chemin que nous allons prendre. La vie était bien plus dure que je ne l'avais pensé, mais elle était aussi plus intéressante. Le combat qu'il nous fallait mener, filles comme garçons, se révélait être le sel de l'existence. J'en retirais de la fierté.

Les Dakarois aussi étaient fiers de moi. Il leur importait d'encourager cette petite Française téméraire, tout juste arrivée, qui voulait faire la peau à la misère des enfants. Cela contrecarrait leur vision de la France et des Français, qui sont souvent vus en Afrique comme individualistes. « Sauver les enfants de la rue » est restée une association familiale, bien que certaines de mes amies aient pu en faire partie ponctuellement. Elle est aujourd'hui en sommeil. Mon vœu est néanmoins de la réveiller et d'en faire une fondation, pour dépasser la question des talibés et étendre son action vers les petites filles. Certaines sont aujourd'hui préservées de la mendicité dans des internats, puis à l'école française. Leur parcours différencié des garçons constitue à la fois un atout et une faiblesse, car très vite on les pousse à décrocher du parcours scolaire. J'aimerais agir pour qu'elles poursuivent leurs études, pour les extraire de cette réalité qui les cantonne aux tâches ménagères. Ces jeunes filles qui ne durent pas à l'école, qui en sortent vers douze ou treize ans, sont aussi en proie aux grossesses précoces. Dans la société sénégalaise traditionnelle, il subsiste beaucoup de non-dits, de tabous. Les campagnes de contraception sont quasi inexistantes et certaines jeunes filles ignorent qu'elles peuvent tomber enceintes.

Les maintenir dans le système scolaire les rendrait fortes d'un savoir qui est aussi un pouvoir. La question du *leadership* féminin m'importe beaucoup pour l'avenir du Sénégal. Je voudrais faire comprendre aux jeunes Sénégalaises, et aux moins jeunes, qu'elles sont l'égale de l'homme à tous points de vue. J'aimerais qu'elles parviennent à se dire qu'elles ne doivent rien à personne, si ce n'est à elles-mêmes. C'est aussi ce qui étendrait l'action de ma fondation à l'accompagnement aux femmes entrepreneures – je sais qu'elles sont nombreuses au Sénégal, même si souvent leur rôle n'est pas officiellement reconnu. Il existe, au niveau européen, un certain nombre de subventions en mesure d'accompagner des associations ou des structures, notamment dans l'agriculture. Lorsqu'elles ne sont pas utilisées, ces subventions sont tout simplement perdues. Je souhaite aller les chercher et monter des partenariats unissant les terres agricoles françaises et sénégalaises. J'aimerais que ma fondation mette en place des programmes de développement, que ces femmes soient autonomes financièrement et socialement, qu'elles montent officiellement leur entreprise ou leur coopérative, et que l'on dépasse ainsi le simple stade du microcrédit, qui ne finance que les trois ou six premiers mois d'activité.

C'est d'ailleurs le sens de la « *learning expedition* » que je souhaite organiser prochainement autour de plusieurs pays d'Afrique, afin que des partenaires français viennent rencontrer les acteurs et actrices de l'économie africaine, et constatent ainsi l'émulation sociale à l'œuvre, le goût de l'innovation et le dynamisme des entrepreneurs. Que chacun puisse se rendre compte, également, qu'il n'est nul besoin de milliards d'euros pour réaliser de grandes choses.

10

Au hasard des rues de Dakar

Certes, je me suis intégrée assez facilement au Sénégal, même si apprendre des codes locaux et se les approprier n'est jamais instinctif. À Dakar, il est par exemple impératif de saluer les gens, même ceux qu'on ne connaît pas, si l'on passe devant leur porte. Faute de quoi l'on sera jugé hautain ou impoli. Dans le même ordre d'idées, il est inconcevable de ne pas entretenir de relations amicales avec ses voisins. Pour moi qui étais timide, aller voir les gens et accepter qu'ils viennent à tout moment me rendre visite représentait un vrai supplice. Plus encore, l'usage veut que l'on s'adresse à de parfaits inconnus. Alors qu'en France, vous en conviendrez, on ne se précipite pas pour parler aux gens que l'on ne connaît pas. Or, au Sénégal, cela fait partie de l'éducation, c'est une manière de témoigner du respect. On adresse aux badauds un «*Salam aleykoum*» et ces derniers répondent «*Aleykoum salam*». Ce rapport différent à la socialité m'a profondément transformée. Il a largement contribué à m'ouvrir aux autres. Je crois qu'il m'a aussi portée quand j'étais militante, aidée à prendre mon courage à deux mains pour aller défendre ce qui me paraissait juste auprès de parfaits inconnus.

Je découvris le wax, cet imprimé sous cire produit aux Pays-Bas, abondamment porté par les Africains de l'Ouest. Les rues de Dakar grouillaient de ses couleurs et de ses motifs. Les plus jeunes portaient parfois des habits occidentaux; une fois mères, les femmes revêtaient le boubou, comme s'il avait fallu donner la vie pour admettre une filiation, un ancrage. Le vendredi, le jour de la prière, on ne voyait presque plus de traces du monde européen: les boubous et le wax formaient un paysage chamarré, rivières incandescentes dans les travées de la capitale. Dakar est une ville très cosmopolite, bien plus que ce que j'imaginais avant de m'y rendre pour la première fois. C'est un cosmopolitisme joyeux, bienveillant, tourné vers l'échange, qui n'est pas synonyme de communautarisme et n'encourage aucunement le repli sur soi. Cette capitale n'est pas immense, mais le monde qui y vit est dense et impressionnant. J'aime à Dakar cette chaleur humaine qui naît entre les gens d'un simple regard. Il y existe une sorte de familiarité, de simplicité, qui fait qu'après avoir échangé deux mots avec vous, le Sénégalais qui vous croise à nouveau vous saluera toujours. Je me rappelle d'ailleurs la fois où j'ai croisé à deux reprises le même monsieur, au même endroit de la ville. La seconde fois, cet homme que je ne connaissais nullement m'a interpellée et m'a adressé ses prières et ses bénédictions. Surprise, j'ai accueilli ses paroles en lui répondant « *Amine, amine.* »

– Jeune fille, m'a-t-il déclaré, cela fait deux fois que nos routes se croisent au même endroit. Je prie pour que nous puissions continuer à nous rencontrer longtemps et que nous ayons une longue vie.

Profondément touchée, j'ai repris mon chemin.

Dakar est ainsi, imprévisible, humaine et émouvante. La Teranga s'y exprime partout. Ainsi, c'est un ancien locataire de mon père, qui avait été inspecteur académique, qui s'occupa de nous scolariser, ce qui nous facilita grandement les choses. « Donne-moi leurs bulletins scolaires, avait-il dit spontanément à papa, je vais leur trouver de bonnes écoles. » C'est ainsi que je me suis retrouvée inscrite dans le meilleur établissement de Dakar, le lycée d'excellence Lamine-Gueye (anciennement connu sous le nom de lycée Van Vollenhoven, ou « Van Vo »). Avec sa façade des années 1930, il a vu passer la plupart des enfants de ministres du Sénégal. Blaise Diagne lui-même y a étudié. Mes frères et sœurs furent quant à eux envoyés dans des écoles privées catholiques, chez les maristes.

À partir de là, nous avons commencé à avoir des amis. La plupart de ceux que nous nous sommes faits au Sénégal avaient un lien plus ou moins fort avec la France. Il s'agissait de jeunes qui étudiaient à l'école française, et je me rendais compte que j'avais besoin de ce point commun pour parler la même langue, partager un monde connu. De mon côté, à Lamine-Gueye, j'ai reçu un accueil chaleureux de la part des élèves et des adultes. Mme Diallo, la censeure adjointe, m'a prise sous son aile et m'a guidée dans mes premiers pas au sein de ce grand lycée. J'ai très vite intégré un groupe de copines. C'étaient des filles brillantes et sympas. Certaines venaient du collège d'excellence Mariama-Bâ (du nom de l'auteure de la fameuse *Si longue lettre*) de Gorée. D'autres, du collège Lamine-Gueye, porte d'entrée de mon lycée, dont étaient également issus des garçons de la classe. Certains élèves étaient, enfin, nés en France, comme moi, ou y avaient vécu. Une grande partie de mes camarades sont d'ailleurs venus poursuivre leurs études supérieures en France, nous nous sommes donc retrouvés à Paris. Aujourd'hui encore, grâce aux réseaux sociaux, nous maintenons le lien.

Le mode de vie que nous étions en train d'adopter, plus confortable, plus opulent à bien des égards que celui que nous avions connu en France, allait aussi m'aider à me sentir à mon aise dans le pays. Nous vivions avec deux cuisinières. Et à quatorze ans et demi, j'allais à l'école conduite par un chauffeur. Au Sénégal, il n'existe pas de moyens de transport en commun suffisamment développés et fiables pour tout le monde. Aussi, lorsque les Dakarois ont les moyens, ils emploient les services d'un chauffeur. Toujours en voiture, nous nous réservions les fins de semaine pour jouer les touristes, aller à la plage, découvrir de beaux endroits sur la côte. Nous allions aussi au restaurant. Nous avions l'impression d'être soudainement devenus très riches. Comparativement, nous l'étions. En allant vivre au Sénégal, notre pouvoir d'achat avait soudainement augmenté, le franc CFA venait d'être dévalué.

Déjà bilingue mandingue-français, je découvrais le wolof, cette langue dans laquelle tout Dakar échangeait, Blancs compris, cet idiome que mes parents parlaient entre eux à Aulnay lorsqu'ils ne voulaient pas être compris par nous. Je l'appris surtout au contact des enfants de la rue que j'aidais. Mais au début, je m'y confrontais en écoutant des chansons et en demandant à ma mère ce que chaque mot nouveau rencontré signifiait. J'écrivais ces paroles en phonétique, puis les lui présentais, elle me les traduisait. J'essayais alors de retenir le sens des mots. Je voulais d'abord l'apprendre pour savoir ce que mes camarades disaient sur moi en ma présence, afin de pouvoir donner le change et leur répondre. Les Sénégalais sont de grands taquins. Ainsi les Ndiaye taquinent-ils souvent les Diop. Et les Sérères taquinent les Toucouleurs, qu'ils considèrent comme leurs serviteurs. Apprendre le wolof est assurément la clé qui permet de décrypter tout ce jeu social et de ne plus se faire « chambrer » inutilement. Ce ne fut pas chose aisée, dans la mesure où, dès lors que mon interlocuteur comprenait que je n'étais pas une locale, il s'adressait à moi systématiquement en français. Ma pratique du wolof était donc, au début du moins, bien réduite...

Les enfants des rues ne sont hélas pas les seuls dans Dakar à se battre pour survivre. La plupart des gens y vivent modestement. La vie nocturne, les bars, le fun, cela ne concerne qu'une minorité de gens fortunés. Le Dakarois moyen, lui, se lève chaque jour pour tenter de changer son destin. J'ai tout de suite su que j'aimerais cette ville pour cela, parce qu'elle était porteuse de sens. Elle était aussi porteuse d'histoire : les vestiges des temps coloniaux me rappelaient combien mes aïeux avaient été des « gaïndés », des lions. Ainsi, chaque fois que je passais devant un monument militaire, je me rappelais combien les tirailleurs sénégalais avaient été de valeureux soldats. Cela me renvoyait à notre très vieux voisin, un ancien tirailleur. C'est au Sénégal que je me suis découvert une inclination pour les anciens. J'ai aimé cultiver l'amitié avec eux. Oui, j'aimais échanger avec « les vieux » ou les « Pa », comme on les nomme affectueusement. Pa Ndiawar Ba habitait dans ma rue. Lui, comme tous les anciens, connaissait papa et avait été présent à ses obsèques. En passant devant sa porte, je le saluais. Il avait toujours une blague à me raconter, ou une anecdote sur ses années passées en France pendant la Grande Guerre. Je l'admirais immensément. Ce grand homme racontait ses amitiés, le froid, son amour pour la France. Parfois même, il entonnait une *Marseillaise* et terminait en disant : « Tu vois, la France est dans mon cœur. » Pa Ndiawar Ba parlait un français impeccable, je dirais même châtié ; il était drôle, taquin et il aimait les gens. J'ai en mémoire ce grand monsieur au teint foncé en boubou bleu marine et coiffé d'un chapeau qui ressemblait à celui de Habib Bourguiba. Je me rappelle son sourire émouvant. J'admirais sa bravoure passée, ce qu'il avait accompli pour la France. Cette fierté qu'il en retirait, alors que je savais très bien qu'il n'avait eu droit à aucune reconnaissance de la part de la Nation. Il n'avait pas touché de pension non plus. Quel déshonneur pour la France ! La mémoire de Pa Ndiawar Ba et celle de ses camarades méritent d'être sauvées. L'idée a muri dans ma tête. C'est aujourd'hui l'objet de l'un de mes projets : honorer, par le biais d'un musée itinérant, la mémoire des tirailleurs. Je voudrais qu'elle soit connue et partagée, que ceux qui ne la connaissent pas, ces Français, ces Africains, ces enfants à double culture, tous aient accès à ce commun.

Il y avait également un autre de mes voisins, un autre de nos anciens. Pa Ady Diallo était son nom. Avec sa carrure d'un mètre quatre-vingt-quinze, sa voix grave, les épaules de sportif qu'il avait conservées malgré l'âge, il ne passait pas inaperçu. Une solide amitié l'a uni à mon père pendant des années. Pa Ady Diallo avait vécu en France, dans le temps. Lui aussi l'avait servie pendant la Seconde Guerre mondiale. Par la suite, il avait été fonctionnaire au ministère de l'Éducation nationale. Chaque année, lorsque papa venait à Dakar, il retrouvait ce voisin. Au fil de nos années dakaroises, Pa Diallo est devenu pour nous un père, un oncle, un membre de notre famille à part entière. C'était un homme de confiance, pieux et bon. Les habitants de mon quartier se tournaient vers lui lorsqu'ils rencontraient des problèmes. Pa Diallo allait nous aider, on le savait, il fallait venir le trouver. Pour moi, il était l'incarnation de la Teranga. Et il fut pour les miens d'une fidélité à toute épreuve. Présent au moment du décès de papa, là à ses côtés, aux nôtres, il l'accompagna jusqu'à son dernier souffle. C'est ensuite lui qui a pris en charge toutes les démarches administratives, soulageant ma mère d'un grand poids. Cette aide s'est poursuivie bien après le deuil, il était là pour conseiller et épauler maman chaque fois qu'elle avait des choix difficiles à faire. Pa Diallo m'a aussi initiée à la politique, m'emmenant à des meetings d'Abdoulaye Wade, qui n'était pas encore président du Sénégal. Il a d'ailleurs fait partie des personnes arrêtées avec lui et emprisonnées, lors des manifestations de l'opposition, sous la présidence d'Abdou Diouf. Comme nombre d'anciens combattants issus des colonies françaises, comme Pa Ndiawar Ba avant lui, Pa Diallo ne touchait pas de pension et n'avait rien reçu en reconnaissance de ce qu'il avait accompli. Revenue en France, je me suis chargée moi-même des démarches administratives afin qu'il soit enfin indemnisé. C'était bien la moindre des choses, après tout ce qu'il avait fait pour nous.

11

Nanding

Parmi les personnes qui ont le plus compté et m'ont le plus appris se trouve ma tante, Nanding. Ce surnom signifie « petite maman ». Nanding était la sœur aînée de ma mère. J'ai surtout eu l'occasion de la connaître au moment où, après le décès de papa, elle est restée quelque temps vivre avec nous à Dakar et s'est montrée d'un grand soutien pour maman. Quatre mois durant, maman a revêtu le blanc, couleur du deuil, comme le font les veuves au Sénégal. C'est à ce moment-là que, ma tante et moi, nous nous sommes lancées dans de grandes conversations sur la vie au village. En effet, Nanding vivait en Casamance, la terre de mes aïeux.

Assises sur le perron de notre maison, elle dans son joli boubou en wax, un foulard élégamment noué sur la tête, moi en pagne tissé de Gambie et tee-shirt blanc, nous ne voyions plus le temps passer. Nous avions des échanges interminables sur la vie, l'agriculture, les rizières, la cuisine, mais aussi sur le rôle des femmes dans la société mandingue. Je poussais Nanding dans ses retranchements, j'avais envie de tout savoir. Plus que tout, je l'admirais. Elle était pour moi un modèle de femme courage. Veuve depuis quelques années, mère de cinq enfants déjà adultes à ce moment-là, c'était une vraie combattante, avec du caractère, je dirais même de la poigne. Elle était énergique et infatigable. Tout cela transparaissait lorsqu'on la voyait arriver, malgré sa petite taille.

Avant qu'elle ne reparte en Casamance, elle m'avait promis qu'un jour elle me ferait découvrir cette région, où j'avais mes racines. Ces racines symboliques m'évoquent celles, très concrètes, des palétuviers casaçais que j'ai eu, depuis, le plaisir de connaître, ancrés dans ces marais qui dessinent un paysage à la fois brut et idyllique, sauvage et patiemment domestiqué par des siècles d'agriculture. Que j'aime cette terre si chaleureuse, si colorée et si surprenante ! Il importait à Nanding de m'emmener un jour dans les champs admirer et participer au travail abattu par ces femmes de Casamance à la seule force de leurs poignets, leur détermination matérialisée par ce travail, par ce sol labouré. C'est avec l'un de mes frères, l'une de mes sœurs et l'un de nos cousins vivant en Arabie saoudite que je m'y suis rendue pour la première fois. J'avais la vingtaine et, à cette époque, j'étais étudiante à Paris. Mes années sénégalaises étaient derrière moi, mais j'avais encore beaucoup à apprendre sur le pays.

Ensemble, nous avons pris la direction de Bounkiling, le village de ma tante, situé à quelques kilomètres seulement de Kandiounkou, le fief des Seydi. Après une dizaine d'heures à rouler de nuit sur une route cahoteuse comme il y en avait tant il y a vingt ans, nous avons traversé l'embouchure de la rivière Gambie, sur le bac reliant Banjul, la capitale gambienne, à Barra, la municipalité qui lui fait face. Le bac était rempli de véhicules en tous genres, d'animaux, de voyageurs revenant de la grande ville pour revendre ce qu'ils y avaient trouvé. Nous sommes descendus encore vers le sud afin de ressortir de Gambie pour retrouver le territoire sénégalais enclavé de la Casamance. C'est la tête remplie des images, des couleurs et des formes envisagées à la traversée de chaque village et sur le ferry, le corps plein de courbatures, que nous sommes parvenus à Bounkiling. Il était presque midi, la quasi-totalité des habitants du village venait à notre rencontre. Ma petite tante avait une solide escorte. Il y avait là l'ensemble des habitants de la maison familiale, des voisins, des enfants et des badauds.

Je repense à cet accueil avec émotion. Pourquoi venaient-ils à notre rencontre, et si nombreux ? J'avais pourtant déjà vécu cette expérience à Dakar, ce désir d'aider, d'être ensemble, d'accueillir l'étranger chez les Sénégalais, mais je persistais dans le choc culturel. Et tandis que je lisais le bonheur de nous voir sur le visage de Nanding, je me réjouissais d'être enfin arrivée dans ce bel endroit. Ce n'était pas seulement la beauté des paysages qui m'étreignait, mais également celle des gens, qui m'apparaissaient fondamentalement heureux, si loin de nos préoccupations d'Occidentaux, loin de la consommation, de l'urgence ou de la concurrence. Vivre simplement, profiter des plaisirs simples et de la nature, c'est le quotidien des habitants de Casamance, tel qu'il m'apparaissait et qu'il m'apparaît encore aujourd'hui. Le temps s'est arrêté, la région s'extrait du monde, la Casamance demeure en lévitation, si singulière et si précieuse. Rarement on perçoit les voitures passer au loin, très vite, sur la route nationale. Mais elles ne font pas partie du quotidien. Les journées se déroulent sans pollution, sans bruits de moteur, sans stress.

Le lendemain de notre arrivée, je me suis réveillée tôt. J'avais solidement attaché mon pagne, chaussé mes tongs en plastique. Armée de ma bassine, je me suis rendue au puits avec les filles de la maison, sous le regard moqueur de ma tante.

– Mais où vas-tu donc, avec ta bassine ? m'a-t-elle demandé, alors que j'étais sur le pas de la porte.

– Je vais chercher de l'eau au puits et te remplir chacune de tes jarres, Nanding.

Elle s'est mise à rire, et j'ai moi-même ri. J'ai le souvenir de cet instant, du bas de son visage tatoué faisant ressortir son éclatante dentition. Mon acclimatation forcenée la stupéfiait. J'avais l'audace de vouloir devenir une femme de Casamance. Mais stabiliser une bassine sur sa tête n'est pas chose aisée. La première fois, j'y ai passé presque toute une journée. Il ne fallait pas simplement qu'elle tienne, mais également que je puisse avancer avec, sans perdre d'eau en chemin. J'y étais pourtant arrivée, et toutes les jarres de ma tante furent remplies comme je l'avais annoncé. Non sans dégâts, certes, mais avec suffisamment de détermination pour faire l'admiration de toute la maison. C'est lors de cette première journée que des voisines, dont certaines faisaient partie de l'association que ma tante présidait, étaient venues me saluer. Elles avaient eu vent de mon arrivée à Bounkiling et voulaient savoir à quoi je ressemblais. Elles s'attendaient certainement à trouver là une jeune fille en jean et débardeur, les yeux rivés sur son téléphone portable.

– Mais où est donc la toubab venue de Dakar ? a dit alors, impatiente, l'une d'entre elles en mandingue, cette langue que je comprends et parle parfaitement.

Je me suis avancée avec ma bassine à la main, mon pagne mouillé, témoin du labeur que je venais d'achever, et lui ai répondu tout de go :

– C'est moi !

Il y a eu un moment de silence, comme de stupéfaction. Cette voisine m'a fixée alors que je lui souriais et a répété en langue mandingue : « C'est moi ! » Un fou rire général est venu briser ce flottement, cette incompréhension.

– Ah, mais je ne savais pas que les toubabs savaient aller chercher de l'eau au puits ! m'a rétorqué la voisine.

– Eh bien oui, c'est une vraie Casaçaise, dit alors Nanding, qui surgit à ce moment-là, pas peu fière.

Mais l'aventure ne s'arrête pas à ma prouesse du puits. Je me suis révélée également une bonne cavalière. Un jour que j'accompagnais des gamins partis dans la brousse pour chercher du bois, nous rencontrons un voisin à cheval sur le chemin du retour. Sa monture attire ma curiosité.

– Il est docile, ton cheval ? Je peux le monter ?

– Mais comment ça, tu as déjà vu une femme sur un cheval ici, toi ?

Le voisin me prend gentiment de haut. Il se dit que les étrangers, ça ne comprend rien aux us et coutumes. Je lui demande ce que cela pourrait bien faire au cheval, d'être monté par une femme. Je n'attends pas qu'il me réponde, je le mets directement au défi : « Moi je peux le faire, si tu me le tiens. » Me voici donc sur le cheval, cheminant et attirant l'œil de tous ceux que l'on croise sur la route qui mène au village. Les badauds me regardent sans rien dire. Il y a les hommes, qui interrompent leur conversation et laissent transparaître leur étonnement ; il y a les femmes, qui craignent que je chute ; et les enfants, qui rient aux éclats. J'essaie de détendre l'atmosphère :

– Qui veut monter avec moi ?

À cet instant, on arrive au village et j'entends une voix s'adressant à ma tante, qui lui crie : « Viens voir ta fille ! » Nanding accourt, rieuse, moqueuse, superbe et adorable, comme à son habitude.

– Depuis quand montes-tu à cheval, Madi ?

Nous tenons là l'anecdote, le récit qui animera le dîner qui se prépare dans la grande cour familiale. La Casamance, c'est cela aussi : partager un repas, une histoire, rire tous ensemble, célébrer le bonheur d'être ensemble. Le Sénégal, c'est aussi tout entier le souvenir de ma chère Nanding, désormais rappelée à Dieu et qui m'accompagne chaque jour.

12

Les femmes fortes

Ce qui caractérise surtout la Casamance, et le souvenir de Nanding ne fait que renforcer ce constat, ce qui caractérise, même, l'Afrique, c'est la force des femmes. Comme elle l'avait promis, ma tante m'avait emmenée dans les champs où elle cultivait le riz. Ce jour-là, je suis en immersion totale, je perce un mystère, la stature des femmes africaines m'apparaît clairement.

Nous avons quitté Bounkiling vers les six heures du matin pour faire la route à pied. Aucune des femmes se rendant dans les champs ne fait d'ailleurs autrement, elles accomplissent chaque jour ou presque cette distance, environ une dizaine de kilomètres, sans autre moyen de locomotion que leurs propres jambes. En chemin, nous croisons d'autres femmes. Les discussions rythment la marche. Il est question de la famille bien sûr, des prochains événements, un mariage, un baptême, une réunion associative, que sais-je. Ce qui me frappe, c'est tout autant la profusion de projets que la joie non feinte de ces femmes, fières de se rendre au champ. Arrivée sur place, je suis interloquée par l'immensité de la surface agricole, si bien que je parviens difficilement à croire qu'elles labourent des hectares sans machine, juste à la machette, à la pioche, qu'elles récoltent à la main, qu'elles se baissent sans cesse. Comment accomplissent-elles tout cela, comme est-ce possible ? Me voyant bayer aux corneilles, Nanding décide de m'initier à la technique. C'est plutôt difficile au premier abord, mais je ne me décourage pas. Le geste, petit à petit, se perfectionne. Au bout d'une matinée de travail, l'agricultrice en herbe que je suis tombe d'épuisement. Les femmes qui m'entourent, souvent plus menues que moi, ne déméritent pas. Leur puissance m'impressionne. Les enfants accourent avec le repas, que je partage avec les travailleuses, à la suite de quoi ma tante me libère.

– Allez, me dit-elle en souriant, tu as bien travaillé. Tu peux repartir au village avec les enfants. Ils t'indiqueront le chemin.

Sur le chemin du retour vers Bounkiling, une pensée m'obsède : l'Occident a beau avoir libéré les femmes, c'est en Afrique qu'elles sont les plus fortes. Oui, je devais le comprendre mieux un peu plus tard encore, l'Afrique est une terre d'entrepreneuses, de décideuses, d'agisseuses. Invulnérables travailleuses, qui vous labourent ces champs sans machine, vous extirpent le riz, le mil ou le sorgho à la force de leurs poignets, leurs mains et un coupe-coupe. Les Casaçaises sont dotées d'une force incroyable couplée à de précieuses connaissances empiriques. La connaissance des saisons, des sols, des oiseaux, des végétaux. La connaissance du ciel de pluie. Tout ce qui, en Europe, avait cours avant l'exode rural et une certaine perte des repères. Les grands-parents, les arrière-grands-parents des Français possédaient aussi cette richesse qui ne s'achète guère. Je gage que tous les Français ont un jour été africains.

Grandeur des femmes africaines, qui laisse songeur quiconque regarde ce continent depuis l'Europe. On se figure aisément une société patriarcale où la femme reste à la maison sans prendre part à la vie de la cité. Pensez, en plus, que le Sénégal est majoritairement musulman, et là, on active tous les clichés de la Terre sur le sexisme et l'autoritarisme des hommes, à l'œuvre quand on évoque les pays en voie de développement. Mon livre est aussi une manière de rendre justice à la condition des femmes africaines. Avant de savoir qui elles étaient, avant de les rencontrer, j'ai moi aussi cru qu'elles étaient soumises. D'ailleurs, je suis convaincue que si je n'avais pas été confrontée à la réalité sociale, matriarcale, du Sénégal, je serais restée campée dans cette représentation initiale – celle, erronée, occidentale et catastrophiste, médiatique, que j'avais de la société subsaharienne tout entière.

Ces femmes puissantes, il m'importe de leur rendre un hommage appuyé. Et pour ce faire, quel plus bel avatar que celui d'Aline Sitoé Diatta, figure centrale de la résistance contre les colons en Casamance au XXe siècle, dont la vigueur de l'aura, immense en Afrique, ne franchit hélas pas les rives de la Méditerranée ?

Née en 1920 à une époque où l'administration coloniale généralise le travail forcé, où les paysans casaçais se retrouvent pris en étau entre les impôts et l'économie monétisée, sans qu'ils y aient un quelconque intérêt, Aline voit poindre le développement de la conscience identitaire des Diolas de Casamance, et un mouvement de protestation largement mené par des femmes. À Ziguinchor, chef-lieu du poumon vert du Sénégal, puis à Dakar, elle mènera une « vie d'homme », à la dure, tour à tour docker, puis employée de maison chez un commerçant français. C'est alors que la « Jeanne d'Arc » du Sénégal, entre-temps initiée comme prêtresse auprès de féticheurs, a ses premières visions et entend ses premières voix. Un vautour blanc la conjure de rentrer chez elle et d'aller libérer son peuple. Elle revient en Casamance en 1942 pour y prêcher et rallier ceux qui l'écoutent à sa cause. C'est à cette période qu'elle devient « la reine de Kabrousse », du nom du village côtier de Basse-Casamance d'où elle exhorte les siens à la désobéissance civile : ne plus faire ce que le colon attend de nous, ne plus payer ses impôts, ne plus cultiver l'arachide, ne plus contribuer à l'effort de guerre en rejoignant les rangs de l'armée. Son discours résolument novateur valorise un retour aux coutumes ancestrales en même temps que l'égalité entre les hommes et les femmes. Son influence grandit, des légendes glorieuses se développent autour de sa personne – elle ferait tomber la pluie et guérirait les malades – et l'administration coloniale tente alors de l'arrêter en 1943 une première fois. Parce qu'elle souhaite assumer ses actes et qu'elle craint que quelqu'un soit inquiété à sa place, elle se rend d'elle-même aux colons en 1944. Déportée en Gambie, puis à Tombouctou au Mali, elle meurt du scorbut en détention, à l'âge de vingt-quatre ans. Paix à son âme.

Comment devenir une guerrière, à l'image d'Aline Sitoé Diatta ? Bien sûr, il y avait tout le discours de ma mère à la maison, à propos de ce que doit être une femme. À bien y réfléchir, il pourrait vous laisser penser qu'on m'a enseigné l'art d'être soumise, parce que ce qu'elle m'a inculqué a beaucoup tourné autour de la manière dont on « tient » sa maison. Maman m'a en effet appris à coudre, à mettre la table, à faire le ménage, à savoir ce qu'il est bon de transmettre ou qui il est juste de recevoir chez soi. Mais, et c'est là sans doute que se mesure le décalage entre le monde occidental et le monde africain, je ne retire pas de cet enseignement domestique que la place de la femme soit moins importante que celle que l'on réserve à l'homme. Cette vision de la femme, elle ne se limite pas à la lecture d'*Amina Magazine* (« le magazine de la femme africaine »), à l'apprentissage des soins du cheveu ou à l'usage des produits de beauté. Ici, à la maison comme à l'extérieur, homme et femme agissent en convergence. De mon père, j'ai appris à savoir rester digne, et acquis la conscience que j'avais un nom à honorer, qui devait envers et contre tout inspirer le respect. Mais de ma mère, j'ai retenu que j'étais une femme libre. À mes sœurs et moi, elle disait, elle dit encore : « Vous n'êtes l'esclave de personne, on ne vous commande pas. Vous n'avez pas à accepter ce que vous ne voulez pas faire. Un garçon ne commande pas forcément : tu as le droit de crier et de te battre pour qu'on t'entende. »

En Afrique, les femmes bougent la société, font marcher le système, portent à bout de bras leur famille. Et ce n'est pas qu'une expression lorsqu'elles portent leurs enfants sur le dos en boubou. Si je ne les avais pas croisées un jour sur mon chemin, j'aurais certainement gardé ma personnalité introvertie, j'aurais fait des études, oui, mais sans doute pas les mêmes, et je n'aurais pas souhaité m'engager dans la société. Essentielles à la famille dans laquelle elles grandissent, aux parents, frères et sœurs, elles sont ensuite le pivot de celle qu'elles constituent, lorsqu'elles se marient et qu'à leur tour elles ont des enfants. Supports de famille, d'économie, support psychologique, ces femmes courage sont l'incarnation même de la résilience, affrontant toutes sortes de préjugés sociaux et sociétaux au nom de leur indépendance sociale et financière. C'est parfois une question de survie, elles n'ont d'autre choix que de réussir car leur famille compte sur elles et il en va de leur dignité. Sans doute un héritage de nos aïeules, les femmes de Nder, qui ont préféré se sacrifier collectivement et mourir plutôt que d'être réduite en esclavage, dans un épisode pathétique de l'histoire du continent remontant à 1819. Ce qui me monte au cœur en pensant à elles est une émotion, un sentiment de fierté. Elles se battent et n'ont rien. Elles se battent, nous dirions encore à notre époque « comme des hommes », à la manière dont le père de Simone de Beauvoir lui disait qu'elle possédait un « cerveau d'homme », puisque l'homme est encore malheureusement la mesure de tout.

Ces mêmes femmes, au Sénégal, sont à l'origine des coopératives, organisations économiques qui leur permettent de créer des unités de production et de transformation de produits locaux (faire du jus à partir des mangues, extraire des noix de cajou depuis les pommes de cajou, par exemple) afin de les vendre dans les marchés locaux. Aujourd'hui, nombre de femmes s'aventurent sur les marchés de l'export et sont vectrices d'emploi pour leur pays. En parallèle des coopératives, les femmes africaines ont tiré de la tontine le levier de leur indépendance économique.

Associations à caractère mutualiste, ces circuits financiers informels, dont le développement accéléré dans la seconde partie du XXe siècle est dû à l'inaccessibilité du système bancaire pour beaucoup, connaissent en Afrique de l'Ouest une popularité qui ne faiblit pas, et ce d'autant moins que ceux qui la constituent sont des amis, des membres d'une même famille. C'est le microcrédit féministe : géré et orchestré par les femmes elles-mêmes. Cette nouvelle manière d'épargner va leur permettre parfois d'acheter un terrain pour construire leur propre maison – la terre est une valeur sûre au Sénégal où même les personnes qui ont un travail peinent à se loger. Elles pourront envoyer leurs enfants faire des études à l'étranger, ou financer un projet d'entreprise. Les tontinières sont des vendeuses, le plus souvent. Parfois, elles travaillent même depuis la porte de leur maison, proposant à la vente des beignets et d'autres sortes de mets. Elles vendent encore du poisson ou des tissus, par exemple. À l'époque de ma jeunesse, elles se rendaient souvent en Gambie. Elles y achetaient à bas prix des tissus qu'elles revendaient plus cher au Sénégal, à d'autres femmes qui, sans beaucoup de moyens, les achetaient à crédit. À l'achat, l'acheteuse versait – et verse toujours, ce sont des pratiques qui perdurent – une petite partie du prix. Chaque mois, par la suite, elle donne encore un peu.

Mais la tontine est bien plus que cela : elle permet aux femmes de se retrouver entre elles autour de leurs préoccupations du moment, et de planifier ensemble des projets d'avenir, d'investissement. C'est grâce au système tontinier qu'on peut par exemple financer le mariage de ses enfants. Son principe est simple : un groupe de femmes s'engagent à cotiser une fois par mois pour atteindre une somme qu'elles déterminent. Charge à la responsable du groupe, désignée par tirage au sort, de consigner les sommes acquittées. Au fil des années, la tontine s'est démocratisée. Par-dessus tout, elle s'est professionnalisée. Les femmes ont en effet profité de l'avènement d'Internet pour en digitaliser l'accès. Les Sénégalaises « de l'extérieur », loin du pays, peuvent donc en être depuis l'étranger. Depuis l'intérieur, les femmes se sont mises à la création de fonds d'investissement pour soutenir l'entrepreneuriat féminin. Le WIC Sénégal (Women's Investment Club) en est une émanation, en appui des entrepreneures de la zone UEMOA (Union économique et monétaire ouest-africaine). Des initiatives comme celle-ci viennent contrebalancer l'hégémonie masculine dans le domaine financier, un secteur où la parité, quel que soit l'endroit où l'on se trouve sur Terre, est encore à conquérir.

À côté des tontines, il y a celles qui se lancent dans l'entrepreneuriat de manière plus formelle, en créant leur entreprise. Être entrepreneur en Afrique est une prise de risque incomparable à celle que l'on connaît en Europe, car il n'existe ni aide ni subvention.

Parfois, l'accès au crédit est tout simplement impossible, et ces femmes n'hésitent pas à confier leurs bijoux en or à des prêteurs sur gage ou à hypothéquer leur héritage, l'entrepreneuriat se révélant parfois le seul moyen d'une réussite sociale effective. Elles ont dû apprendre à se débrouiller par elles-mêmes, en partant de rien, face à des États défaillants, inaptes à leur offrir les moyens d'une ascension sociale. Les entrepreneures africaines ont très vite saisi que le digital serait un moyen au service de leur émancipation. En témoigne aujourd'hui le parcours de formidables précurseures dans la tech ou le numérique. Les *success stories* sont nombreuses : Rokhaya Solage Ndir, Saouda Niang (ex-femme de ménage devenue propriétaire d'un hôtel cinq étoiles à Dakar), Fatou Sall Ndiaye (agrobusiness) ou encore Nicole Gakou, présidente de l'Union des femmes entrepreneures du Sénégal (UFCE). Autant de rôles modèles qui inspirent une jeunesse avide de réussite.

Une chose m'a encore particulièrement frappée en allant à la rencontre des femmes africaines : leur engagement sur le plan politique, qui va quasiment de soi. Contrairement à ce qui m'était donné à voir en France, l'engagement politique ne se présente pas comme un choix pour les Sénégalaises. C'est une réalité qui s'impose à toutes, au-delà de l'engagement citoyen : elles doivent se remonter les manches et se battre pour changer leur condition. Cette évidence de la nécessité, de la lutte pour une vie meilleure, parfois pour la vie tout court, on la retrouve aussi chez les enfants de la rue que j'ai accompagnés. Les femmes, toutes les femmes, même celles qui ne sont pas lettrées, possèdent ce savoir-faire de l'organisation de meetings, de collages, de rassemblement du peuple autour d'un candidat ou d'une idée. Fédérer, motiver les autres autour d'une cause, sans doute sont-elles nées pour cela, et leurs âmes de leaders s'en trouvent magnifiées. Et souvent une femme a derrière elle quarante, cinquante, cent femmes, puisqu'en plus de leur propre famille, elles ont des femmes qui les soutiennent, les accompagnent, les suivraient presque les yeux fermés, parce qu'elles ont confiance les unes en les autres. Ces femmes s'unissent afin que leur voix soit portée et entendue. La voilà, l'expression d'une authentique sororité.

Au Sénégal, la politique est d'abord une fête. Les meetings sont très différents de ceux auxquels on peut assister en France. Oui, ce sont avant tout des réunions de femmes. Au son des *sabars* (les tam-tam, en wolof), les militantes ameutent la population. Bien souvent, elles sont toutes habillées de la même manière. Pour leurs robes, elles vont utiliser un tissu à l'effigie de leur candidat, du wax sur lequel est imprimé le visage de leur champion et son slogan. Chacune reçoit cinq à six mètres de ce tissu, avec lequel elle confectionne ensuite sa tenue, si bien que le jour du meeting tout le monde est habillé de la même manière. La politique se fait pavoisement, cela passe par cette fierté de porter les couleurs de son candidat. C'est aussi, comme partout, sur l'organisation et la mobilisation que reposent le bon fonctionnement et le succès d'une campagne. Pour cela, on peut compter sur les femmes engagées dans les partis. Leur capacité en la matière est incroyable et je veux leur rendre hommage. Elles motivent leurs enfants, leurs frères et sœurs, toute la famille ! À noter que leur engagement est souvent multifacette, à la fois auprès d'un candidat et dans une coopérative de village, elles sont de véritables courroies de transmission du message politique.

Parmi elles, on trouve quelques instruites, mais c'est loin d'être la majorité. Des enseignantes, des femmes qui travaillent aux guichets de banques, oui, mais le gros des troupes est composé de femmes qui ne sont jamais allées à l'école. Elles ont pu quelquefois fréquenter un établissement jusqu'en CM2. Elles sont d'une génération où le primaire s'achevait par l'examen du certificat d'études, condition *sine qua non* pour rentrer au collège, ce qui reste un gage d'instruction en Afrique : vous savez lire, parler le français et l'écrire, compter, vous avez des notions de culture générale. Le premier meeting auquel j'ai assisté était l'un de ceux qui se tenaient pour la candidature d'Abdoulaye Wade, à ce moment-là leader de l'opposition, à la présidence de la République. Pa Diallo m'y avait donc emmenée. C'est lui qui était allé chercher les femmes pour faire campagne. Pourquoi spécialement des femmes ? Sans doute en vertu de leur efficacité dans l'action, peut-être aussi – ne nous le cachons pas – parce que les femmes en Afrique sont souvent engagées de manière désintéressée. Ainsi leur a-t-il demandé, à chacune, d'organiser des réunions pour rallier des gens à la cause d'Abdoulaye Wade.

Ainsi, tandis que les hommes étaient au travail, ce travail reconnu, rémunéré, qui confère à celui qui l'exerce une existence sociale et une respectabilité dans l'espace public, des femmes militaient gratuitement pour Abdoulaye Wade. Ce désintéressement m'interpelle. Ne poursuivaient-elles pas pourtant toutes sortes d'activités économiques, tous ces jobs informels que je viens d'évoquer et pour lesquels elles ne reçoivent aucune reconnaissance ? Il en faudra encore du temps, avant que cela soit entériné : notre action a un sens, nous valons quelque chose.

13

Retour en France

Puis j'ai revu la France, quittée quelques années auparavant en pensant que je ne la reverrais pas de sitôt. En regardant la terre de Sénégal s'éloigner depuis le hublot de l'avion, j'eus un pincement au cœur. C'était devenu chez moi, c'était là où je demeurais. La disparition de mon père avait changé la donne, elle, mais pas seulement. Il m'a bien fallu reconnaître que c'était en France que je souhaitais acquérir une formation solide et académique pour, plus tard, revenir au Sénégal me servir de ce que j'avais appris. J'en étais à ce stade de réflexion après l'obtention de mon bac littéraire, et j'ambitionnais d'être l'instrument du progrès au Sénégal. D'ailleurs, avec l'association Sauver les enfants de la rue, j'avais déjà commencé. Je ne pensais pas nécessairement demeurer loin des miens, restés en Afrique. Dans un premier temps, j'ai emménagé chez un neveu de ma mère que je connaissais bien. La plus grande difficulté fut pour moi d'affronter la nostalgie de ma famille, corrélative à la relative solitude que je vivais, mais que je préfère appréhender, avec le recul, comme un apprentissage de la responsabilisation. Jeune adulte, j'allais m'en sortir. Toute cette force que j'avais emmagasinée là-bas, ces rencontres et ces apprentissages, ces chocs culturels parfois, allaient me permettre de surmonter les obstacles et d'aller là où je voudrais. J'en avais la conviction.

Il n'y a pas eu de réadaptation nécessaire, la France était mon pays, elle était restée ma terre. J'étais partie adolescente, comment aurais-je pu la désapprendre ? La fierté que j'avais ressentie à me dire française au Sénégal était réelle, elle m'avait portée, accompagnée. J'étais seulement plus forte, j'avais multiplié les cordes de mon arc. Amatrice de littérature depuis l'enfance, je fais partie de ceux qui croient qu'elle porte un monde, des mondes, qu'elle dit ce que sont les hommes et les femmes, plus véritablement et plus intensément que ne peuvent le faire des essais, des discours politiques. J'étais désormais heureuse d'allier mon engouement pour les classiques français à la littérature négro-africaine entrevue au lycée à Dakar. Celle-ci était venue nourrir de manière inédite mon imaginaire, ma pensée, mon style. Elle avait agrandi mon humanité.

Je me suis inscrite en droit, à l'université de Paris 1 Panthéon-Sorbonne. Un peu dans la précipitation je dois dire, car la rentrée avait eu lieu quelques semaines auparavant. Quelques groupes s'étaient déjà constitués, des gens se connaissaient depuis leur lycée. D'autres avaient commencé à se lier d'amitié en TD. Mais cela ne me dérangeait pas vraiment. Ancienne timide, la solitude ne m'effraie pas. Bien au contraire, elle me donne de la hauteur de vue. Quelques copains, quelques copines, des contacts sont venus néanmoins égayer ces années de premier cycle. Toutefois, la fac de droit est un univers assez particulier. Comme dans toutes les facultés, nous partageons le temps entre cours magistraux et TD, mais une concurrence entre les étudiants agrémente encore notre solitude. Ajoutez à cela ma vie sociale relativement peu développée à cette époque – bonne élève, je ne sortais pas vraiment, j'allais travailler à la bibliothèque, puis je rentrais chez moi – et vous obtiendrez le tableau complet de l'étudiante bûcheuse. À partir de la troisième année, néanmoins, en partie grâce à la spécialisation, au choix des filières, les choses ont un peu évolué du point de vue des relations. Les groupes étaient restreints, on pouvait se parler. Mes grandes amitiés de cette époque sont cependant toutes liées à la politique. J'y reviendrai.

C'était pourtant un laboratoire assez fascinant. Une grande hétérogénéité sociale caractérise les bancs de la fac de droit, et les étudiants se destinent à toutes sortes de carrières. Au bout du compte, il y aura des avocats, des huissiers, des magistrats, des gens qui passeront des concours, deviendront policiers, commissaires. Des gens qui rejoindront l'armée, à différents grades. D'autres qui feront Sciences Po, qui deviendront journalistes. Il y a toute la société française, ou presque, à la fac de droit ! J'y ai côtoyé des grands bourgeois comme des personnes issues des catégories les plus populaires. J'ai le souvenir d'une jeune fille avec un nom de famille sénégalais. Elle venait à Panthéon-Sorbonne depuis les tours de Bobigny. Issue d'une famille polygame, elle était brillante, cultivée, impressionnante. Le contraste avec les fils de grandes familles du VIe arrondissement était saisissant. Quant à moi, je me fondais assez facilement dans la masse. Est-ce mon parcours, celui de ma famille, entre deux pays, entre deux mondes ? Je n'ai jamais eu trop de mal à vivre entourée de personnes d'extractions sociales différentes. Nul besoin de savoir d'où viennent les gens, je préfère savoir ce qu'ils valent. J'aime, surtout, ce qui peut nous rassembler au-delà de nos histoires personnelles.

Je suis sortie de la fac de droit au bout de cinq ans avec un DESS (aujourd'hui « master ») en droit public. En parallèle des études, j'ai exercé divers petits boulots pour les financer. J'ai notamment été équipière au KFC, et la baby-sitter d'un petit garçon qui habitait dans le VIe arrondissement – je n'avais qu'à traverser le jardin du Luxembourg pour me rendre à son domicile, puis refaire le chemin inverse, jusqu'au Panthéon, pour retourner travailler à la bibliothèque. Le droit m'a d'abord attirée en vertu des repères qu'il donne pour comprendre le fonctionnement de la société, pour les règles qu'il délivre. Un temps, j'ai voulu être avocate, une idée qui d'ailleurs ne m'est pas entièrement sortie de la tête. Défendre la veuve et l'orphelin, voilà qui m'aurait bien correspondu. Mais la politique a pris le dessus. Alors, à la fac, je me suis passionnée pour les questions institutionnelles et le fonctionnement des institutions en France. J'avais eu, en deuxième année, une professeure de droit administratif brillante, qui m'avait passionnée. C'est donc tout naturellement que je me suis spécialisée, pour le DESS, en histoire du droit et des institutions administratives.

J'avais effectué tous mes stages dans le milieu politique. C'est assez logiquement que j'y ai trouvé mon premier emploi, en tant qu'attachée parlementaire de Christian Demuynck, alors sénateur de Seine-Saint-Denis, en 2008. Après quelques années, je suis devenue collaboratrice de cabinet. J'ai ainsi travaillé en collectivité locale, notamment en mairie, en charge des dossiers politiques. J'ai ensuite fait du conseil dans un cabinet dirigé par Olivia Grégoire, secrétaire d'État auprès du ministre de l'Économie, des Finances et de la Relance, chargée de l'économie sociale, solidaire et responsable. Ce qui m'a particulièrement intéressée dans cette expérience, c'était d'être de l'autre côté du miroir, dans le « back office », à conseiller les politiques et les dirigeants. Nos clients de la société civile correspondaient à tous types de profils. Nous avions des industriels pharmaceutiques, des dirigeants de grands groupes, et nous les accompagnions tant sur leur prise de parole individuelle que sur des enjeux de communication plus globaux, auxquels nous apportions des solutions.

C'est à la même époque que j'ai décidé d'ajouter une corde à mon arc. En parallèle du travail, je me suis replongée dans les études. Je suis donc également diplômée du Celsa, l'école des hautes études en sciences de l'information et de la communication. Dans mon quotidien de militante politique, j'avais bien conscience de la puissance et de l'importance d'une communication claire et efficace, mais je le constatais aussi dans le cadre de mon travail, où cet aspect tend à supplanter de plus en plus l'action politique même, pour le meilleur et le pire. Je ne pense pas avoir mal fait les choses avant d'être diplômée du Celsa. Je fais cependant partie de ces gens qui ont besoin d'obtenir une certification, que le diplôme rassure et légitime. J'avais besoin de me prouver que ce diplôme viendrait valider mes compétences. Par ailleurs, je n'ignorais pas que je serais recrutée plus facilement dans le domaine de la com avec la mention au Celsa sur mon CV. Sans surprise et pour cultiver une cohérence dans mes compétences, je m'y suis spécialisée en « communication des institutions et des entreprises ». Actuellement, c'est toujours en agence que je fais du conseil, dans le domaine de la communication d'influence. Comme à mes débuts, mais avec l'expérience en plus, j'accompagne des politiques, des institutions, des dirigeants, sur leurs enjeux de communication. Il m'arrive aussi d'effectuer des missions en free-lance, pour certaines personnes qui me sollicitent à titre personnel. Il s'agit de clients qui n'ont pas forcément les moyens de se payer les services d'une agence, de contacts qui connaissent mes compétences et me font confiance. Depuis l'enfance, je ne crois pas avoir beaucoup changé. Je suis toujours la petite fille aux bottes bleu marine. Je savais qu'il n'y aurait qu'en me battant que j'obtiendrais ce que je voudrais.

14

Ces trajectoires douloureuses

Il existe d'autres manières que la mienne de venir, revenir, en France. Elles sont tristes et bien souvent tragiques. J'ai découvert, ces dix dernières années, une réalité qui me bouleverse, et dont les causes et les acteurs semblent me parler directement, s'adresser à moi pour me demander des comptes : ce sont les Africains que je croise au nord de Paris, et qui dorment dans la rue. Cela ne me chagrine pas moins, évidemment, que s'il s'agissait d'Occidentaux, mais cela me touche d'autant plus que je connais la réalité africaine. En effet, je sais qu'en Afrique, cela n'existe pas. Dormir dans la rue, cela n'existe pas. Vous aurez toujours un oncle, un cousin, une tante, une belle-sœur, une nièce pour vous accueillir, vous héberger. Vous ne serez jamais seul. Cela me remue particulièrement, parce que je sais que cette condition est la preuve de l'échec qu'ils vivent, qui est pour eux sans appel. En réalité, ils vivent un double échec : à celui qu'ils ont connu dans la société de leur pays d'origine, et qui les a poussés à venir tenter leur chance ici, s'ajoute celui de n'avoir pas réussi à devenir un Français comme les autres. Je croise ces hommes tous les jours, comment détourner le regard ? Ces gens qui quittent leur pays en pensant trouver en France quelque chose qu'ils ne possèdent pas chez eux, et qui finalement se retrouvent comme des moins que rien. En les regardant allongés, assis, sur le trottoir, je pense à ce que je sais et qu'eux ignoraient visiblement en venant ici : que tu es obligé de vivre comme les Français, que les appartements ne sont pas extensibles, qu'il n'y aura pas de la place pour toi chez ton cousin ou ta cousine. Qu'ici, c'est la ville occidentale, et que le terrain, la maison ne seront pas amendés pour faire de la place à l'arrivant. Qu'on leur a menti sur la réalité de la vie en France et que ceux qui ont laissé courir ces balivernes l'ont fait pour donner l'illusion que la vie leur était facile, qu'ils avaient réussi, vaincu la dure réalité de la migration, mais qu'en réalité il n'en est rien. « Ne t'inquiète pas, on sera là pour t'accueillir. J'habite Paris, j'ai une grande maison », aura dit ce cousin. Arrivé sur place, c'est la désillusion. Des jeunes hommes perdus dans la rue, j'en vois de plus en plus. Alors, autant que faire se peut, j'essaie de les aider.

Il y a quelques mois maintenant, je me suis investie pour l'un d'entre eux. C'était un jeune homme que j'ai croisé à la porte de Clignancourt, et dont le visage m'a tout de suite donné à penser qu'il était sénégalais. J'ai engagé la conversation en wolof avec lui et je lui ai donné à boire et à manger. Méfiant, le jeune homme a d'abord prétendu qu'il était guinéen. Il ne voulait pas tout me confier, j'étais une inconnue, et j'aurais pu être de la police. J'ai tenté de le mettre à l'aise. Il m'a détaillé son itinéraire.

– J'ai traversé la Méditerranée en bateau, jusqu'en Italie. Là, avec des copains sénégalais et guinéens, j'ai tenté de trouver du travail. Mais le coronavirus ravageait alors l'Italie, l'épidémie était monstre. C'était difficile, et les Italiens ont fini par voir dans les migrants le bouc émissaire idéal. On nous a accusés de colporter la maladie. Puis, à leur tour, certains migrants se sont mis à avoir peur. Et si ce n'était pas qu'une maladie de Blancs, de Jaunes, et si les Africains pouvaient être touchés ? Il n'y avait pas encore beaucoup de cas en Afrique, on avait pu croire que cela ne nous concernait pas. Certains de mes camarades sont repartis dans le sens inverse quand d'autres se sont débrouillés pour entrer en France, un groupe dont j'ai fait partie. Comme beaucoup, nous sommes arrivés à la porte de la Chapelle.

– Les types avec qui tu as voyagé, où sont-ils ?

– Certains sont errants comme moi. D'autres avaient des connaissances, ils sont allés chez leur famille ou leurs amis. Moi, je ne connais personne ici, alors je dors dans la rue.

– Mais tu n'as pas de famille ?

– Non, ici je n'ai personne.

– C'est quoi ton nom de famille ?

À ce moment-là, ce jeune homme me donne un nom de famille peul. J'en déduis que, peut-être, il peut comprendre le peul. Je commence donc à lui parler dans cette langue, dont je connais quelques mots. Et là, l'homme se sent comme rassuré. Il semble se dire : « Peut-être que, cette femme et moi, on a un lien, quelque chose à partager. » C'est à ce moment-là, alors, qu'il ose m'avouer qu'il vient du Sénégal, de Dakar même. Il s'excuse platement de m'avoir menti. Je pose une main sur son épaule, je lui dis que ça n'a pas d'importance, que je comprends sa défiance de prime abord. J'apprends qu'il est âgé de trente-cinq ans.

– Tu comprends maintenant qu'ici ça va être difficile, n'est-ce pas ? je lui demande enfin.

– Je le sais, et je ne pensais pas que ce serait comme ça. Je veux dire, que ce serait aussi difficile.

Pour le situer socialement, j'essaie de savoir de quel quartier de la capitale il provient. Il me dit qu'il vient de Sicap-Liberté. C'est l'une des dix-neuf communes de Dakar, située au centre, sur la presqu'île du Cap-Vert, dans le Grand Dakar. Malgré un chômage ravageur pour la jeunesse, comme partout au Sénégal me direz-vous, c'est loin d'être un mauvais quartier. Je dirais qu'à Sicap on rencontre des Sénégalais plutôt stables, des Sénégalais moyens. Je lui fais remarquer qu'on n'est pas dans la misère, là d'où il vient. Je lui demande pourquoi il a voulu en partir.

– Je voulais tenter ma chance, me répond-il. Je vois beaucoup de jeunes qui partent, qui parviennent à aider leur famille en envoyant de l'argent. Je voulais faire comme eux, voilà.

– Tu sais, malheureusement, les gens ne te disent pas tout. L'argent arrive parfois. Mais ces gens, tu ne sais pas dans quelles conditions ils vivent en France.

– Qu'est-ce que je vais faire, maintenant ? me demande-t-il, perdu.

Je lui fais alors une proposition : « Tu veux revenir ? », je lui demande, avant de me raviser et de lui faire une suggestion plus raisonnable : « Tu veux téléphoner chez toi ? »

– Je n'ai pas de téléphone, tu sais, mais je connais le numéro de ma famille. Je veux bien leur téléphoner, oui.

– Bon, je reviens dimanche prochain avec mon portable, je lui dis. Je te le prête et on appelle ta famille. Tu leur parles. Ça fait combien de temps que tu ne les as pas vus ?

Il tente de calculer. Il finit par répondre :

– Un an, au moins. Ils ne savent pas si je suis en vie ou si je suis mort.

– Ça doit être terrible pour ta mère.

Mon cri du cœur le touche. C'est sorti tout seul, ce mélange de bon sens et d'émotion.

– Je le sais. Si tu peux m'aider pour ça, le téléphone, je veux bien.

Je ne pouvais pas m'arrêter là. Je poursuis :

– Je vais aussi t'accompagner aux douches publiques. Il faut que tu ailles te laver, parce que tu ne peux pas rester comme ça. Même si tu n'as plus rien, il faut que tu sois propre, que tu retrouves un peu de dignité. De cette manière les gens te respecteront.

Il est allé se laver, puis chercher des vêtements propres dans une association. Cependant, il a continué à dormir dans la rue. Entre-temps, il a pu appeler sa famille. Jusqu'au moment où il s'est saisi du téléphone, il est resté très hésitant. La honte le pétrifiait. Il pensait à sa famille, laissée dans une méconnaissance totale de sa situation, de la situation des migrants en France. On peut facilement imaginer que sa mère, que son frère lui disent : « Tu es un homme. D'autres ont souffert avant toi et ils se sont battus, tu dois rester. » Heureusement, ce n'est pas ce qui s'est produit. Pour lui, par la suite, je me suis rendue au consulat général du Sénégal à Paris pour tenter de comprendre de quelle manière il pouvait refaire son passeport, lequel lui permettrait de percevoir des aides et d'acheter un billet de retour.

Sur le destin de ces hommes, ces trajectoires douloureuses, mon avis est tranché, définitif. Je trouve parfaitement scandaleux que cela soit possible, compte tenu des circonstances dans lesquelles ces migrations surviennent. La tristesse et l'indignation, c'est cela qui me prend à la gorge lorsque je pense à eux. Je vois des gens qui souffrent dans la rue, mais qui ne veulent pas rentrer car le poids social, le prix à payer serait trop lourd dans leur pays d'origine. Ils sont donc pris au piège. Que diraient la famille, les amis, si cet homme était rentré en racontant : « J'ai tenté ma chance en Europe quatre ans, dix ans peut-être, et en fin de compte, je suis revenu ici les poches vides » ? Cette sincérité est irrecevable et, par conséquent, inexprimable. Il aurait tôt fait d'être confronté aux mensonges et à la naïveté de ceux qui les colportent. Telle mère de famille se prêterait au jeu de la comparaison, en déclarant à la mère de ce pauvre hère : « Mon fils à moi, au bout de trois ans, il était revenu pour financer la construction de sa maison ici au Sénégal », ou même : « Mon fils s'est établi définitivement en France, il y gagne très bien sa vie et nous envoie régulièrement de l'argent. » Est-ce vrai, est-ce faux, est-ce seulement exagéré ? L'histoire ne le dirait pas. Seules compteraient en fin de compte la force du discours et cette confrontation toxique laissant s'opposer la honte et la fierté. Face à cette éventualité, au déshonneur de tout un clan, il lui apparaît préférable de croupir dans la crasse et la misère à la porte de Clignancourt.

En Afrique, le discours répandu fait état du racisme des Occidentaux, qui seraient fautifs de ne pas laisser entrer les personnes dans les pays d'Europe. Or ce n'est pas par plaisir que leurs ressortissants fuient, mais bien à cause de la misère sociale. Alors, pour les plus malchanceux, c'est la mort en Méditerranée. Pour les plus chanceux, les matelas de la porte de la Chapelle et la fréquentation des dealers de crack. Mais désormais, des voix s'élèvent sur le continent africain pour dénoncer ce cercle vicieux, celles de la « génération consciente », ces jeunes gens curieux du monde et non plus seulement de l'Afrique de l'Ouest, élevés avec Internet qui leur a permis de développer une ouverture et un esprit critique sans précédent. Il y a également une parole forte émanant de collectifs citoyens tels les AfricTivistes (des blogueurs engagés), le Front pour la révolution anti-impérialiste populaire et panafricaine (Frapp). Il y a encore le collectif Y'en a marre. Très suivis par la jeunesse, les membres de Y'en a marre constituent de vrais contre-pouvoirs locaux. Il y a aussi des associations, comme Saloum Rapatak, et l'action spontanée de mères de famille organisées entre elles pour sensibiliser aux dangers de l'immigration clandestine, dans le but de convaincre les candidats potentiels de rester au pays.

Côté français, j'ai vu à l'œuvre le trouble jeu des associations d'aide aux migrants. Il y a quelques années, les militants du collectif Jeudi noir, en lutte contre le mal-logement, expliquaient aux personnes en situation irrégulière comment squatter des immeubles. Le font-ils toujours ? Les faits remontent à un peu plus de dix ans maintenant. À l'époque, leurs membres allaient repérer les immeubles dans les beaux quartiers de Paris pour y installer des sans-papiers. Ils avaient notamment tout un squat au 59 de la rue de Rivoli, lequel a fini par devenir un lieu de résidence pour artistes contemporains. La stratégie était la suivante : repérer les appartements qui semblaient inoccupés, puis dépêcher des gens en recherche de logement, les faire s'y installer, tard dans la nuit, et enfin les faire emménager. J'avais une connaissance, handicapée, qui manquait d'un logement adapté à ses besoins. Je l'ai accompagnée démarcher Julien Bayou qui, avant d'être cadre chez EELV, était l'une des figures connues de Jeudi noir. Devant moi, Bayou lui a expliqué la marche à suivre : le forçage de la porte, la nuit passée au squat. Quand viendrait le moment de l'expulsion, mon amie ferait à coup sûr partie des relogés. Lorsque cette jeune femme a émis des réserves à vivre dans un squat compte tenu de son handicap physique, Bayou a seulement expliqué : « Tu sais, on a avec nous une femme qui a un bébé de trois mois, ça se passe très bien, ne t'inquiète pas. » Mais ce n'était pas tellement rassurant et, surtout, cela ne présentait aucune garantie.

À la même époque ou presque, j'ai infiltré une autre structure : Mains d'Œuvres, un lieu « pour l'imagination artistique et citoyenne » assez connu à Saint-Ouen. J'y faisais du théâtre. Ce n'est, à proprement parler, pas un lieu très audonien, si branché qu'il est surtout fréquenté par des Parisiens. Il y a quelques années, il a été squatté par une association qui y faisait vivre des familles de sans-papiers et de mal-logés, toujours avec la même stratégie de pression sur les autorités pour reloger ces pauvres gens. Une fois que les squatteurs sont installés, il n'est plus possible de les faire sortir sans une décision du tribunal administratif, et cela peut prendre un certain temps, extensible en cas de présence d'enfants. En attendant, le propriétaire ne peut rien faire. La situation est d'autant plus injuste qu'il ne s'agit pas à tous les coups d'une personne qui a de gros moyens. Parfois, ses revenus sont modestes et la perception d'un loyer lui est essentielle. Un jour, venue pour mon cours de théâtre, je ne suis pas repartie, j'ai voulu voir de quelle manière j'allais pouvoir aider ces personnes. Je me suis également intéressée de près aux méthodes employées par les associatifs.

Plusieurs fois j'ai assisté à ce qui se passait, et j'ai vraiment eu le sentiment que ces damnés de la Terre étaient bien plus exploités qu'aidés. Il y avait là notamment une mère de famille en provenance d'un pays d'Afrique de l'Ouest, qui avait la mission quotidienne de faire la cuisine pour tout le monde. Au nom de quoi cette femme préparait-elle du mafé ou du riz au poulet – le yassa – pour des militants en quête d'exotisme, bien contents d'aller au restaurant gratuitement, tous les jours ? C'était eux les squatteurs, c'était eux les parasites. Là-bas, on m'a régulièrement proposé une assiette. « Tu devrais goûter, c'est bon ! » J'ai toujours refusé. J'entendais également ce qu'on disait à ces sans-papiers. On ne leur apportait jamais vraiment une aide concrète pour leur démarche, personne n'était là pour leur indiquer comment sortir à tout prix de cette situation, ou répondre à leurs questions sur les étapes qu'ils devaient franchir. Tout ce que je percevais des paroles, c'était une série de conseils délivrés dans le but de contourner la loi. « Chez l'assistante sociale, ne dis pas que ton mari travaille. » Ou bien : « Dis que tu ne vis pas avec ton mari, sinon comme il a un salaire tu ne pourras pas percevoir d'aides. » Plus d'une fois je me suis demandé quelle vision de la France auraient ces personnes et leurs enfants, qui allaient y grandir. Et puis on oublie de leur dire, surtout, que quoi qu'il advienne, la situation sera temporaire. Ça pourra durer trois, quatre ans, mais un jour viendra où ils devront partir, et errer de chambre d'hôtel en chambre d'hôtel. Et, quand ils n'auront plus d'argent, ils se retrouveront dans la rue. Les enfants seront placés. Cette perspective me désole.

15

Militantisme

Il n'est pas étonnant que les premiers meetings auxquels j'ai pris part aient été sénégalais, lorsque j'étais au lycée. Il n'est pas abusif de dire que, dans ce pays, les gens sont en campagne perpétuelle. Rendez-vous à Dakar et vous le constaterez de vous-mêmes. Vous croiserez des personnes engagées pour réduire les accidents de la route (les routes du Sénégal sont de moins en moins dangereuses, mais la marge de progression est toujours importante), d'autres qui combattent l'injustice sociale, notamment au moment de la rentrée scolaire, dénonçant la pauvreté de ces parents qui ne peuvent payer des fournitures scolaires à leurs enfants. La question de l'inscription à l'école, également, est brûlante : car il faut pour cela un acte de naissance, et beaucoup d'enfants, nés dans des villages, non déclarés, n'en possèdent pas. Je peux encore citer la mobilisation citoyenne à l'œuvre pendant la saison des pluies. À nombre d'endroits, cette période de l'année révèle des problèmes de lotissement et des inondations. Les citadins, les villageois font alors entendre leurs voix, rappellent sans relâche aux autorités la nécessité de faire des travaux dans les zones sinistrées. Forts de cette conscience citoyenne prégnante, beaucoup de jeunes gens engagés terminent en politique. Ce fut aussi mon cas.

Mon engagement à l'UMP, en France, a été la suite logique de celui que j'avais débuté au Sénégal, sous l'impulsion de Pa Diallo, dans les rangs du PDS (Parti démocratique sénégalais), mouvement d'inspiration libérale fondé en 1974 par Abdoulaye Wade. On était fin 2004. Nicolas Sarkozy, alors président de l'UMP, venait de prononcer un discours au Bourget sur la réhabilitation du travail et du mérite. Il m'avait marquée, et je l'avais compris comme un appel à la mobilisation. Dans un chiraquisme déclinant, la figure de Sarkozy devenait vraiment intéressante. C'est à la faveur de l'une de mes insomnies, alors que je naviguais sur le Net, qu'il m'est venu l'idée de prendre ma carte de l'UMP. Après la vie associative, je donnais ainsi un nouveau souffle à mon engagement. Mes débuts de militante furent forts et stimulants. J'avais vraiment envie d'être partout, de donner de mon temps, d'aller défendre les idées qui me portent partout sur le territoire. À cette époque, j'étais l'une des rares jeunes femmes noires engagée à l'UMP au sein de la fédération de la Seine-Saint-Denis, et cela ne me déplaisait pas. Je trouvais confortable et valorisante la position de pionnière. Plus de femmes, plus de diversité, cela tendait en réalité à représenter plus fidèlement ce qu'était la France. Militante exemplaire, je suis même partie au Québec en 2005 dans le cadre d'un échange politique du comité d'action franco-québécois, lors duquel j'ai représenté le parti avec quatre autres personnes. À cette occasion, j'ai pu effectuer un stage auprès de Monique Gagnon-Tremblay, alors ministre des Relations internationales, et travailler avec ses équipes sur la faisabilité d'ententes bilatérales, un sujet qui déjà me passionnait.

Mes soirées, mes week-ends, je les consacrais désormais tous à la politique. Je ne lâchais pas pour autant mes engagements pour le Sénégal, militant en même temps dans la représentation française du PDS, essayant d'y porter la voix de la jeunesse de la diaspora et d'imprimer l'idée que nous, les enfants qui sommes nés en France de parents sénégalais, sommes les meilleurs ambassadeurs de nos deux pays. J'ai également mis un pied dans le syndicalisme, au sein de l'Union nationale inter-universitaire (UNI), dans l'équipe de Paris 1 Sorbonne. Là encore, les femmes n'étaient pas nombreuses, mais nous étions de sacrées militantes, convictions et combats chevillés au corps. Nous tenions tête avec courage à d'autres syndicats, dans le cadre d'affrontements parfois violents.

Comme ce jour de blocage de l'université de Tolbiac, où nous avions organisé une action militante. Tolbiac n'était pas vraiment le territoire de l'UNI. À l'époque, la Confédération nationale du travail (CNT) y était très présente. Ce jour-là, donc, nous sommes moins de dix, sept grand maximum, à pousser la porte de l'amphi où se tient l'assemblée générale des grévistes. Évidemment, on nous refuse le droit de nous exprimer, tentant par tous les moyens de nous empêcher d'accéder au micro. Nous décidons alors de nous en passer et de parler haut. Nos opposants couvrent nos voix en nous huant, ils s'apprêtent à en venir aux mains. Tout va très vite, il y a un mouvement de foule, on nous bouscule vers la sortie de l'amphi. Moi, je refuse de me laisser faire. Alors je bouscule à mon tour, je me débats. Et surtout, surtout, je ne me laisse pas démonter.

– Toi, lance un gréviste, tu devrais avoir honte d'être noire et de militer à l'UNI !

– Au contraire, lui dis-je avec un sourire qui le désarçonne, je suis plutôt fière de m'opposer à vous, antidémocrates, racistes qui plus est, qui cherchent à m'assigner une place de Noire !

Mais la parenthèse enchantée ne dure qu'un instant. Quelques minutes plus tard, nous nous retrouvons dans la cour de l'université, encerclés par une cinquantaine de types qui hurlent, nous huent et continuent de nous bousculer. Là, j'ai l'impression de rejouer le jour de la bagarre du collège. Alors je tiens bon sur mes jambes, je ne me laisse pas intimider et je réponds à chacune des invectives qui nous sont adressées. Une par une, sans relâche. Comme nous sommes littéralement bloqués dans cette cour de la fac, qu'on nous empêche désormais d'aller et venir, je finis par appeler la police avec mon portable. Quelques minutes plus tard, les CRS viendront nous faire sortir de cette arène de l'enfer. Selon moi, il était important de tenir tête à nos détracteurs, de ne pas se soumettre à la volonté de cette horde.

À côté des rencontres de terrain mouvementées, il y avait aussi les bons moments passés entre militants, à refaire le monde. Dans ces moments-là, nous redevenions des étudiants lambda, des jeunes qui aimaient simplement parler, rire, s'amuser. C'était l'objet de nos « soirées garage » du vendredi soir. « Garage », parce qu'elles avaient lieu dans le garage de la mairie du VIe arrondissement. L'un d'entre nous habitait les logements de fonction de la mairie avec sa famille, puisque sa maman était la directrice des services généraux de la mairie d'arrondissement. Il y avait surtout des Parisiens, mais également des provinciaux montés à Paris pour étudier. Quelques banlieusards complétaient le tableau. Chacun apportait de quoi boire ou manger. C'étaient de superbes moments, des moments authentiques, qui resserrent les liens.

Autour des participants de ces fameuses soirées est d'ailleurs né, en 2006, Stop la grève, le collectif pro « contrat première embauche » (CPE), grâce auquel nous avons organisé quelques belles mobilisations en faveur de ce nouveau dispositif, alors porté par Matignon. J'ai à l'esprit cette manifestation qui avait pris départ à la place du Châtelet pour terminer à la Nation. Je me tenais là, en minijupe en jean et en bottes à talons (certes épais et pas bien hauts, j'en conviens), sur le toit d'un camion, d'où j'avais scandé des slogans en faveur du CPE. Une ambiance bon enfant, sans débordements, de simples militants déterminés à faire entendre leur voix. Si les mouvements de grève avaient fini par s'éteindre, notre mobilisation n'avait hélas pas suffi à rendre possible la mise en œuvre de ce dispositif. Le gouvernement Villepin avait reculé. Au regard du chômage qui a touché les jeunes ces dix dernières années, je me dis que nous avions pourtant raison de défendre le texte qui portait ce projet. Nous fûmes reçus à Matignon par Dominique de Villepin, pour nous remercier des actions que nous avions menées en soutien au CPE. Un lot de consolation, mais un bon moment aussi. Ce fut, pendant plus d'une heure, un échange à bâtons rompus avec le Premier ministre, qui nous avait même donné, à cette occasion, un cours de stratégie militaire. Villepin était impressionnant. Homme de culture, immense, il en imposait. Un moment dont je me souviendrai longtemps et que *Paris Match* avait immortalisé.

Telle était la vie à l'UMP 93, exaltante et joyeuse, jusqu'à ce que je commence à vouloir y exister un peu plus. Lorsque Éric Raoult, député maire du Raincy de 1995 à 2014, qui avait aussi été ministre sous le premier mandat de Chirac, alors président de la fédération, m'y avait accueillie, il avait dû se dire : « Elle est jeune et dynamique, cette Madi. Elle connaît du monde, elle présente bien, elle va faire le job. » Sans nul doute, j'allais rapporter des voix et fédérer les troupes. Militante modèle, contribuant le mieux possible aux idées de mon parti, j'ai longtemps obéi sans faire de vagues. Mais cela a fini par ne plus coller. Quelque chose allait contre le bon fonctionnement du système. Ce quelque chose, c'était moi, et j'ai mis quelque temps à le comprendre.

Mais c'était difficile, une fois que j'avais compris cela, de m'en tenir aux cases qu'on avait prévues à mon intention. Le job dans lequel Éric Raoult et les autres me voyaient n'allait certainement pas me suffire, je n'avais pas envie d'être une potiche. J'en voulais plus à cette époque, j'ambitionnais de monter. Pour, un jour, être élue. Alors, j'ai commencé à prendre la parole en réunion, régulièrement, en donnant mon avis sur ce qui venait d'être dit, en revenant sur les propos énoncés. Mon avis était contraire à celui de Raoult et de ses proches ? Tant pis, je le donnais coûte que coûte. Je n'étais pas là pour me faire aimer. Ainsi, quand une situation m'apparaissait caduque, ou scandaleuse, j'étais incapable de garder le silence. Les propos inacceptables, relevant de la discrimination ou de l'incitation à la haine, les décisions iniques, qui passent « crème », comme si elles étaient justes, dans un silence coupable, je me suis mise à buter dessus.

Sans surprise, j'ai très vite eu des ennuis. Cela a commencé par des remarques du président de fédération, après la réunion :

– Maintenant, Madi, tu vas te calmer. Ici, ça ne se passe pas comme ça. C'est moi le chef, donc c'est moi qui décide. Tu restes à ta place, c'est compris ?

Mais je ne me suis pas calmée. Au contraire, j'ai continué à m'affirmer, à mes risques et périls.

16

Ambition, abandon

Engagée, je n'avais jamais voulu rester cantonnée à un militantisme local. Certes, la Seine-Saint-Denis était un formidable terrain pour apprendre et comprendre les difficultés rencontrées par les plus pauvres de mes concitoyens, mais il y avait des causes qui dépassaient le 93, des combats qui transcendaient les territoires. D'autre part, la perspective d'être cataloguée « fille de banlieue » me faisait horreur. D'ailleurs, ce n'était pas ce que j'étais. N'avais-je pas quitté Aulnay à l'âge de quatorze ans ? Il était temps pour moi de me tester à une autre échelle. À cette époque, j'avais l'intention de faire une carrière politique ; ce n'est plus le cas aujourd'hui, du moins pas de cette manière. Sortir du 93 m'apparaissait la seule issue pour obtenir la visibilité nécessaire. Il fallait que je sois reconnue au niveau national, et je m'efforçai alors de prendre part à tous les événements de cette échelle auxquels il m'était possible de participer. Ainsi en alla-t-il de nombre de campagnes ou de séminaires. J'ai donc fini par être une tête connue dans le parti.

Il y a eu le renouvellement du bureau des jeunes du mouvement. Mon choix s'est porté vers Benjamin Lancar, un jeune homme doué et dynamique. Son projet avait la particularité de ne pas faire l'impasse sur la question sociale, en particulier les enjeux soulevés par la diversité et le rôle des femmes. Tout cela nous semble normal aujourd'hui, mais en 2008, en France, la mise en avant de ces thématiques était loin d'être évidente. L'audace, l'aspect novateur du projet de Lancar m'a donné envie de faire campagne pour lui. Je suis venue le voir pour lui proposer mon aide, mettre mes compétences au service de sa campagne. Je lui ai parlé des sujets sur lesquels je travaillais et pour lesquels j'avais un intérêt. En plus des problématiques spécifiques à la

Seine-Saint-Denis ou la question des banlieues, que je connaissais parfaitement, il y avait le *leadership* féminin, l'éducation et les questions européennes, sur lesquelles j'effectuais une veille consciencieuse. Au moment du dépôt de liste, Benjamin m'a dit qu'il aimerait que je sois sur la sienne. Je savais alors que je serais élue quoi qu'il advienne s'il gagnait. Et il a gagné. Déléguée nationale, j'ai prononcé un discours devant trois mille personnes, dont la quasi-totalité du gouvernement et des militants venus de toute la France, à Seignosse, lors de l'ouverture de l'université d'été du parti à l'été 2009. Un moment fort et émouvant. Dans la foulée, je suis devenue porte-parole des jeunes de l'UMP. À la fédération locale, il y eut de l'amertume et de la jalousie.

Quelque temps après notre élection, Nicolas Sarkozy nous a reçus pour nous féliciter. Loin d'être une groupie, je dois reconnaître que c'est un homme dont j'admire le dynamisme, l'intelligence et la capacité à manier les mots. J'avais lu son livre *Libre*, qui revenait sur sa traversée du désert après la défaite du RPR aux élections européennes de 1999. L'ouvrage, qui avait été publié en 2001, comportait tout un aspect autocritique qui m'avait paru inspirant pour l'avenir de la droite. Nicolas Sarkozy y avait aussi proposé de nouvelles perspectives, lesquelles préparaient son accession au pouvoir. J'aime le tempérament de l'ancien président. C'est un frondeur, un bagarreur, avide de défis, et je dois dire que je me reconnais dans cette appétence-là, mais également dans son franc-parler légendaire. Dans les années 2000, cela manquait en France dans la parole publique. C'est amusée que je me rappelle la réflexion que je m'étais faite en le rencontrant alors : on a devant soi un homme pas très grand, mais tellement impressionnant ! C'est ce qu'il dégage qui marque les esprits, il émane de lui beaucoup de force. Je crois qu'on peut critiquer le quinquennat de Sarkozy, ou sa manière de concevoir la politique en général, mais qu'il reste toujours quelque chose d'une conversation engagée avec lui. C'est vers la même période que j'ai eu la chance de rencontrer Simone Veil. Elle personnifiait le brio et l'humilité, et je l'ai éprouvé physiquement. Désireuse d'être prise en photo avec elle, je ne parvenais pourtant pas à lui adresser la parole. Ce qu'elle incarnait transparaissait de manière impressionnante, le respect forçait à l'effacement. Après quelques minutes, j'ai fini par vaincre ma timidité. Nous avons pris cette photo. Simone Veil était courtoise, abordable. Pour moi, toute jeune fille, elle était un monument. Je n'avais encore rien accompli, et je la contemplais.

La politique, pourtant, a fini par me lasser. Du moins, exercée au sein d'un parti. Mon aspiration à la liberté aura été mise à rude épreuve. Les régionales de 2010, mon choix de Valérie Pécresse contre Roger Karoutchi, auront achevé de me brouiller avec la fédération du 93 et de me faire comprendre que j'aspirais à autre chose. C'était la seconde fois que je m'autorisais à faire un pas de côté, après le choix de Benjamin Lancar, qui n'était pas celui de la fédération. Cette fois, on n'allait pas me faire de cadeau. Bientôt mon ostracisme fut réel, le silence se fit autour de moi. Lors des réunions, on me faisait bien comprendre que rien d'important ne serait dit devant moi, car j'étais de l'autre camp. Mais qu'allais-je donc pouvoir répéter de si capital à Valérie Pécresse ? Les coups bas ont également commencé à pleuvoir. Roger Karoutchi n'a pas hésité à contacter mon employeur de l'époque, le sénateur Demuynck, dont j'étais l'assistante parlementaire, pour lui demander ma tête. Mon sénateur lui-même soutenait Roger Karoutchi, mais c'était un homme de principes et mon travail lui donnait satisfaction. Il m'a convoquée pour m'informer des intentions de Karoutchi, puis il a ajouté :

– Je vous sais attachée à vos convictions. Par conséquent, je ne vous demanderai pas de me rejoindre dans la campagne. En contrepartie, je vous demande de faire preuve de discrétion, cela évitera à l'avenir que l'on m'appelle pour me demander de vous virer…

Nous avons ri de bon cœur. Cependant, je ne lâchai rien. Dans toutes les villes où j'avais des réseaux, je me faisais ambassadrice du programme de Valérie Pécresse, l'exposais et le défendais. J'usais aussi de mon rôle de porte-parole des jeunes de l'UMP auprès des étudiants. Pécresse a remporté la primaire et, à la fédération, la rancœur fut tenace, sinon redoublée.

Je me rappelle ce moment douloureux de sa campagne interne, lorsqu'elle était venue au Raincy, chef-lieu d'Éric Raoult, pour un débat. Elle avait été huée, à la demande du maire. Valérie Pécresse était émue, j'avais eu peur qu'elle se mette à pleurer. La politique, c'était donc cela ! Des haines, des guerres internes. Quid du combat des idées, du vœu d'améliorer la vie des gens ? L'ego prenait trop de place. Le choix de Pécresse comme candidate de l'UMP aux régionales entériné, j'ai émis le souhait de figurer sur sa liste. Après le dépôt d'un beau dossier de candidature, qui m'avait propulsée à une position éligible, il en a pourtant été décidé autrement. Éric Raoult y a mis toute son énergie. Après tout, n'était-il pas président de la fédération à laquelle j'appartenais ? C'était son territoire, celui de personne d'autre. N'étais-je pas, de la même manière, sa propriété, son pion ? C'est en vingt-huitième position que je me suis retrouvée, ce qui me rendait de fait inéligible. J'ai alors demandé à être retirée de la liste, je ne souhaitais pas que mon nom soit associé à cete mascarade. Raoult m'avait prévenue :

– Toi, tu nous emmerdes. De toute manière, les régionales, ce n'est pas un concours de beauté. Pécresse, elle pense que pour gagner une élection il suffit d'être une femme. Toi aussi, manifestement. Eh bien, tu vas voir que non. Ici, chez moi, ça ne marche pas comme ça.

Malgré la relégation, j'ai fait campagne jusqu'au bout car il était hors de question qu'on imagine une seconde que j'avais fait tout ça uniquement pour une place. Malheureusement, la campagne s'est soldée par une défaite. Dégoûtée par les pratiques douteuses de ma fédération, j'ai malgré tout poursuivi mon engagement militant en Seine-Saint-Denis. Jusqu'en 2012, année de la défaite de Nicolas Sarkozy, qui a freiné mon enthousiasme. Alors, lassée d'une fédération sans vision et que son comportement insidieux rendait si petite, j'ai décidé de ne pas reprendre ma carte au parti. J'ai délaissé mes activités militantes. J'avais envie d'autre chose, autrement. Je pouvais faire mieux, retrouver de l'authenticité dans mes rapports avec les autres. Je pouvais mieux les servir, les aider.

17

La politique par d'autres moyens

La politique, disons que je la mène aujourd'hui à ma façon. Une forme d'engagement dont je ne sais me départir. Les sujets de prédilection de mes prises de parole ? La tech, à savoir le développement des start-up en France, le numérique particulièrement, la diversité dans le monde professionnel, ou encore la question de l'*empowerment* féminin. Dans le cadre du « Tech Talk #6 » organisé par l'école Simplon et l'association Hello Ada, fin octobre 2020, je suis par exemple revenue sur mon parcours et j'ai essayé d'impulser chez mon auditorat ce que l'on appelle le *thought leadership*, une méthode de communication orientée B2B (autrement dit, entre partenaires de travail, et non vers le client) qui consiste à se positionner comme leader de son marché mais aussi comme influenceur. Je suis également intervenue à la même période dans le cadre d'une table ronde organisée par l'école de commerce EM Lyon sur le thème de l'innovation au service de l'inclusion. Je pourrais encore citer l'animation d'un webinaire organisé pendant le premier confinement, à propos de la diversité et de ses atouts, devant les étudiants de Neoma Business School. En décembre 2021, je suis intervenue lors d'un webinaire du think-tank EuropaNova sur la question de l'égalité des genres dans le cadre professionnel et sur l'importance du *mentoring*.

J'ai également renoué avec la vie associative. Elle m'avait manqué. C'est de Twitter qu'est parti Digital Ladies & Allies, et c'est sur Twitter que ses fondatrices m'ont repérée. Il s'agit d'un collectif initialement composé de femmes qui viennent de la tech, ou de femmes comme moi, qui ne sont ni ingénieures ni spécialement diplômées dans le domaine digital, mais passionnées par les enjeux qu'il soulève. Le projet était encore assez jeune, mais il m'a séduite. Il s'agit de promouvoir la place des femmes dans la tech et le numérique. J'ai donc été cooptée par Nadia Alvès, directrice de la communication d'un groupe d'écoles, Merete Buljo, chef digital et *customer experience officer* chez BPCE, et Nathalie Ollier, responsable marketing relationnel d'un réseau de boutiques de musées, pour y prendre part. Un *bootcamp* de trois jours était organisé fin août 2018 à Aix-en-Provence. Il y avait des ateliers, des débats autour de l'innovation et de l'égalité femmes-hommes. Des conférences également, où il a été rappelé l'importance du contingent des femmes dans l'informatique jusqu'au début des années 1980, période à laquelle la politique s'est saisie de la technique, ce qui a précipité les hommes dans la filière et rendu possible leur mainmise du secteur. Nous avons aussi débattu de l'utilisation des outils numériques pour la communication institutionnelle ou entrepreneuriale. Des hommes avaient également été invités. Nous avons pris en compte l'intérêt de certains pour l'inclusion des femmes, la voyant comme une force, un atout pour tous. Leur participation à notre combat a orienté le choix du nom de notre collectif, Digital Ladies & Allies. L'association a été créée en septembre 2018, après ce premier *bootcamp*.

Depuis, Digital Ladies & Allies met régulièrement en place des événements. C'est lors de l'un d'entre eux, coorganisé début mars 2020 avec l'école 42 (fondée par Xavier Niel, qui a pour vocation de former la crème des développeurs informatiques en France), « #TechPourToutes », que je suis intervenue sur le thème de l'inclusion rendue possible avec le numérique. Ce jour-là, nous avons organisé des tables rondes autour des métiers de la tech, dont le but était principalement de faire passer l'idée que les métiers du numérique ne sont pas réservés aux hommes, et qu'il ne faut pas forcément avoir une formation d'ingénieur pour les exercer, car il existe une pluralité de métiers accessibles et qui ne relèvent pas des sciences de l'ingénieur. À cette occasion se tenait également un forum d'orientation autour de l'emploi, afin de répondre aux interrogations des bacheliers ou des étudiants souhaitant changer d'orientation. Il y avait également des professionnels qui voulaient se reconvertir. En mars 2019, Digital Ladies & Allies a remis à Mounir Mahjoubi, alors secrétaire d'État auprès du ministre de l'Économie et des Finances en charge du numérique, un livre blanc intitulé « Mixité et performance numérique », où figuraient des propositions concrètes pour accroître le nombre et la visibilité des femmes dans la tech dès le plus jeune âge, une série de pratiques et d'actions collectives destinées à mobiliser autour de quatre axes : l'éducation, la formation, la visibilité et l'attractivité. Cette remise a été l'occasion d'échanges entre le ministre et des professionnels et des étudiants, avec des discussions ouvertes et des retours d'expérience.

À côté de Digital Ladies, je suis également engagée dans l'association Diversidays. Fondée en 2017 par Mounira Hamdi et Anthony Babkine, celle-ci est partie d'un double constat : la France compte bon nombre de demandeurs d'emploi qui ont une appétence pour les métiers de la tech et du numérique et, dans le même temps, il y a dans ces métiers un manque criant de diversité. Diversidays défend une conception ouverte de la diversité : l'association milite en effet pour une meilleure représentation des femmes, des personnes originaires de quartiers populaires et de zones rurales, des personnes en situation de handicap, mais aussi de toutes les personnes discriminées en raison de leur formation ou de leur âge. Des seniors, des jeunes de banlieue, ceux issus du fin fond de la Creuse, des bonnes volontés avec de mauvaises orientations, des personnes en fauteuil roulant, des gens qui n'ont tout simplement pas les moyens : on s'intéresse à toutes sortes de profils. Charge à nous de poursuivre l'idéal d'égalité des chances permettant le redémarrage de l'ascenseur social. Et devant le constat du ralentissement de ce mécanisme d'avancement, le numérique semble une voie royale. Chez Diversidays, on m'a donné la casquette de « chercheuse de pépites ». Charge donc à moi d'aller à la rencontre des porteurs de projets et de leur permettre de les réaliser. En septembre 2020, Salwa Toko, présidente du Conseil national du numérique, et Diversidays ont rendu un rapport, « Faire du numérique un accélérateur de diversité », mandatés par saisine de la ministre du Travail, de la ministre déléguée chargée de l'Égalité entre les femmes et les hommes, de la Diversité et de l'Égalité des chances, de la ministre déléguée chargée de la Ville, et du secrétaire d'État chargé de la Transition numérique et des Communications électroniques. Ce travail de terrain, fruit de la consultation de cent vingt acteurs de différents horizons – qu'il s'agisse d'organismes de formation, d'élus ou d'associations –, a souligné l'importance des perspectives concrètes, notamment le renforcement de l'insertion professionnelle et la refonte des politiques de recrutement.

Continuité de mes premiers pas au Sénégal, des actions menées alors que j'étais encartée, continuité, même, de mes batailles d'enfant, mes engagements présents s'acharnent dans le combat pour l'égalité, pour l'inclusion de tous. En poursuivant le dessein qui veut que tous les enfants de la République soient sur un pied d'égalité, je construis et rends vivante ma vision de la France. « Tous Français, donc tous égaux » pourrait être mon leitmotiv.

18

Du courage !

Je voudrais clore ce livre en regardant l'avenir, qui ne va pas pour moi sans projets collectifs. Je m'agrégerai à certains d'entre eux ; je serai, pour d'autres, une force d'impulsion. Je porte en premier lieu celui de faire vivre la mémoire de ces tirailleurs sénégalais que j'ai évoqués plus haut. L'idée est de concevoir un musée ambulant qui irait à la rencontre du public. Je voudrais que mon musée chemine en France, en Afrique, dans les villes, les villages, les écoles, qu'il vienne conter l'histoire de ces combattants. Beaucoup sont désormais décédés, mais le patrimoine conservé par les familles gagnerait à être connu. Je veux parler des cartes, des uniformes, des divers objets personnels, des journaux, des récits, des photos. J'ai entamé le dialogue avec des descendants, mais aussi avec quelques universités américaines, lesquelles montrent un intérêt croissant pour cet héritage-là. Le tourisme historique est une approche intéressante, les Américains en sont friands, et leur regard sur l'Afrique, les Africains en général, gagnerait en acuité. Nous pourrions ainsi recréer du commun par l'exportation de cette histoire qui lie les Français et les Sénégalais. Au-delà de mon ambition première, il y a ma volonté de reconnecter les gens avec leurs origines. Je pense surtout aux enfants à double culture. Je pense aux petits Français. Notre histoire est liée. Savoir qu'ensemble, leurs ancêtres ont combattu pour une certaine idée du monde et de la démocratie, pour mieux vivre ensemble, est pour moi primordial. Je pense au grand Pa Ndiawar Ba et à Pa Diallo, je ne les oublierai jamais.

Mon second projet d'envergure concerne la lutte contre l'excision dans les pays africains. Au Sénégal, une loi promulguée et votée en 1999 interdit sa pratique sous peine d'emprisonnement. Mais dans les villages, la situation n'évolue pas vraiment. Sur ce point, on constate combien le manque de pédagogie nous mène à l'impasse. Aussi scandaleux que cela nous paraisse depuis la France, les échanges que j'ai eus sur l'excision font état de la transmission d'une tradition et du fait d'être privée de la transmettre. Il faut donc qu'une autre parole soit largement diffusée, et c'est la raison pour laquelle je voudrais lancer un podcast sur l'excision dans plusieurs dialectes du Sénégal. Des femmes de générations diverses seraient conviées à échanger avec moi. Je crois que c'est ainsi que nous pourrions faire changer les choses.

Quant à moi, je serai toujours engagée, je ne sais pas vivre autrement. Avant même de recueillir des petits mendiants livrés à l'abandon dans les rues de Dakar, je l'étais dans la cour de récréation. Je porterai toujours mon regard de Française vers le Sénégal, de Sénégalaise vers la France. C'est depuis chez nous que je m'efforce de créer des ponts, des connexions. Et je ne me doutais pas, en commençant ce livre, que j'aurais tant à dire sur les gens qui font, qui renversent la table et veulent changer le monde, qui agissent pour les autres. Je serai toujours de leur côté. Ma vie, même, en dépend. J'ai le désir de faire partie de cette troupe victorieuse, informelle, de faiseurs. Où finira ma vie, comment j'aurai réussi à aider, combien mes mots, mes actions pèseront, je ne le sais pas encore. En France comme au Sénégal, je souhaiterai toujours être du côté du courage.

Remerciements

Je veux remercier Solange Bied-Charreton, avec laquelle j'ai partagé une belle aventure humaine et littéraire tout au long de l'écriture de cet ouvrage. Ma mère, ma famille, Mike, mes amis, tous ceux qui depuis des années croient en moi et me donnent de la force. Merci à toutes les bonnes âmes que j'ai rencontrées tout au long de mon parcours et qui ont contribué à ce que je suis devenue aujourd'hui.

Table

Cet ouvrage a été composé
par Maury à Malesherbes
et achevé d'imprimer en France
par CPI BUSSIÈRE (18200 Saint-Amand-Montrond)
pour le compte des Éditions Stock
21, rue du Montparnasse, 75006 Paris
en mai 2022

PAPIER À BASE DE
FIBRES CERTIFIÉES

Stock s'engage pour
l'environnement en réduisant
l'empreinte carbone de ses livres.
Celle de cet exemplaire est de :
550 g éq. CO_2
Rendez-vous sur
www.editions-stock-durable.fr

Imprimé en France

Dépôt légal : mai 2022
N° d'édition : 01 - N° d'impression : 2065012
85-51-6972/1